ELLE, LA MÈRE

EMMANUEL CHAUSSADE

ELLE, LA MÈRE

LES ÉDITIONS DE MINUIT

L'ÉDITION ORIGINALE DE CET OUVRAGE A ÉTÉ TIRÉE À QUINZE EXEMPLAIRES SUR VERGÉ DES PAPETERIES SCHLEIPEN, NUMÉROTÉS DE 1 À 15 PLUS SEPT EXEMPLAIRES HORS COMMERCE NUMÉROTÉS DE H.-C.I À H.-C.VII

www.leseditionsdeminuit.fr

ISBN 978-2-7073-4671-1

Avec Bruno

Elle n'a rien dit quand ils l'ont soulevée. Pas un mot. Elle ne s'est pas débattue. Pas un geste. Ils l'ont soulevée toute raidie. Ils l'ont allongée à l'intérieur et ils se sont reculés. Il a remonté le plaid jusqu'à sa taille. Posé ses mains glacées sur le revers. Glissé une lettre entre ses doigts joints. Il l'a marquée d'une petite croix et l'a embrassée une dernière fois sur le front. Comme il l'a toujours fait. Dernier baiser de l'amour. Premier baiser de la mort. Ils l'ont enfermée. Ils ont vissé le couvercle et ils ont emporté la boîte sans faire de bruit.

Ils l'ont descendue dans le trou. Au fond de l'antre noir. Elle s'est glissée en douceur à côté de son mari. Sans faire de bruit. Ils l'ont déposée au-dessus de son jeune fils et de ses beaux-parents. Pas de place perdue. Ils ont hissé les cordes. Il a jeté une poignée de terre au fond du trou. Elle n'a pas protesté quand ils ont fait rouler la dalle au-dessus d'elle. Condamnée à l'obscurité pour l'éternité. À peine le bruit des truelles qui raclent la pierre moussue. Muette dans sa nouvelle prison. Enfermée dans une fosse sans lumière. Ancienne vivante, nouvelle morte. Seule dans le noir et le froid. Sous terre, elle aura enfin la paix. Il l'espère. Il est seul, tout seul à l'enterrement de la mère. Seul face à la mère. Il lève la tête. Les oiseaux chantent joyeusement dans le ciel pour saluer la mort qui vient de se coucher.

Elle est seule dans la mort. Elle est seule dans la solitude de la terre. Le fils est seul dans son chagrin. Solitude commune, partagée. Le fils quitte la mère pour la dernière fois. Sans se retourner. Sans pleurer. Ses larmes, il les a versées il y a bien longtemps. Ses larmes ont disparu avec son enfance. Avec sa mort, il est passé de l'enfance à la vieillesse en quelques pelletées. Il sait qu'il restera toute la vie un enfant aux yeux de la mère.

Il ne se souvient pas d'avoir pleuré devant elle. Elle, il se rappelle l'avoir vue en larmes, si souvent, trop souvent. Plus le temps a passé, moins ses yeux se sont noyés. Ce n'est pas l'envie qui l'en a empêché mais, avec les années, elle a appris à retenir ses chagrins. Elle les a gardés pour elle. Ses douleurs étaient trop grandes pour pleurer.

Il se souvient, un soir de novembre, de l'avoir trouvée en pleurs. Elle regardait par la fenêtre, les yeux dans le lointain, fixée dans ses pensées. Le père n'était toujours pas rentré. Elle lui a dit de ne pas s'inquiéter et de retourner se coucher. Avec les années, elle a laissé ses larmes derrière elle, pas ses chagrins. Avec les années, il a découvert la raison de ses larmes.

Elle ne pleurait pas pour rien, elle riait de tout. Ils vont lui manquer ses rires francs, ses rires exubérants, ses rires parfois gênants. Peut-être étaient-ils forcés pour conjurer le mauvais sort. Ses rires et surtout ses sourires portés en bouclier pour repousser les agressions de la vie. Ces sourires qu'elle lui a transmis. Tous ces sourires éteints que portent les gens tristes.

Il revoit son sourire grave, teinté de mélancolie, le matin où il lui a demandé comment elle était habillée le jour de son mariage. « Simplement, lui a-t-elle répondu. Une robe sans prétention. » Il l'a suppliée de lui montrer les photos. « Il n'y en a pas eu. » Il l'a interrogée sur la cérémonie. « Deux témoins chacun. » Et puis la fête, après ? « Nous n'avions pas beaucoup d'argent, à l'époque. Nous n'avons rien fait. Pas de tralala ! » Elle a chassé son air mélancolique avec un sourire dont elle avait le secret. Secret défense qu'elle lui confiera quelques années plus tard quand il sera trop lourd à porter pour elle toute seule. Elle s'en déchargera dans un souci de vérité. Elle criera la vérité qu'on lui a demandé de cacher. La réalité que tout le monde voulait nier. Le droit de connaître la vérité.

Elle a caché sa tristesse et son air pensif en trempant ses doigts dans le bol d'eau qui sert à humecter le linge qu'elle repassait. Le linge des huit personnes qui vivaient à la maison. Des montagnes de vêtements, des piles de draps entassés dans l'immense corbeille en osier. Le grand panier qui servait de lit au fils pour discuter à côté d'elle. Séances de repassage, temps des confidences.

Il ne tirera plus jamais sur les draps pour l'aider à les plier. Plus jamais elle ne s'amusera à tendre le rectangle de lin blanc d'un coup sec, pour le faire tomber à la renverse. Le drap ne lui échappera plus des mains. Tous ces draps chargés d'histoires. Son dernier drap est un linceul dont le fils l'a enveloppée. Un plaid dont s'enroulent les Pachtouns d'Afghanistan pour qu'elle ait un peu moins froid là où elle va. Pour qu'elle ait un peu plus chaud, là où elle est.

C'est au cours d'un après-midi de repassage qu'elle lui raconte ce que sa belle-mère lui a offert le jour de son mariage. Un livre de cuisine qu'elle a encore en travers de la gorge. Difficile d'avaler ce cadeau de bienvenue dans sa nouvelle famille. Le message est clair. Votre place est à la cuisine. Cachée de tous à laver la vaisselle sale. Il y a mille recettes pour cacher ou déformer la vérité, il n'y en a pas pour domestiquer les êtres libres. Cette liberté qu'elle aime tant. Pas de recette transmise de mère en fils. La mère n'est pas un cordon bleu. Insoumise aux palais fins. Rebelle aux préparations sophistiquées. Révoltée aux repas de plusieurs heures qui nécessitent beaucoup de précautions. La mère ne manque pas de bonne volonté pour faire plaisir à la tablée. Elle privilégie une cuisine simple, à base de produits qui rythment l'année. Pâques lance la saison de l'agneau, des jardinières de légumes et des fraises saupoudrées de sucre et d'un filet de citron. Un bol de crème fraîche disposé à côté de l'assiette du père avant qu'il ne le lui réclame. Gigot, côtelettes, épaule, navarin, sauté, en cocotte ou au four, d'avril à juin, de l'agneau, uniquement de l'agneau. À croire que les autres animaux ont élu domicile sur une autre planète. L'été, elle se réjouit de l'arrivée des tomates farcies, des ratatouilles parfumées, des salades fraîches, des légumes crus et des tartes aux fruits. Elle redoute l'automne avec les gibiers si forts, l'odeur du chou farci à la queue de bœuf qui lui soulève le cœur. Les choux de Bruxelles, le bœuf bourguignon et le coq au vin, impossibles à avaler. Elle assaisonne les plats à sa manière. Le miel remplace la moutarde. La sauce mousseline qui doit accompagner les asperges brille par son absence. Elle remplace un ingrédient par un autre, transformant la recette d'origine en une nouvelle, ce qui provoque grimaces et grincements de dents des invités. Elle garde son énergie pour d'autres choses dont elle a le secret.

Plus jamais elle ne lui dira « Que tu es maigre. Tu ne manges rien à Paris. Tu as mauvaise mine. On dirait que tu es malade. » Quatre sentences d'affilée qui avaient le don de l'irriter. « Arrête de boire. Tu bois trop. » Ces deux-là l'achevaient et lui clouaient le bec pour un bon moment. Malgré cela, elle ne s'interdisait jamais une coupe de champagne, ou deux.

À part une bouchée de terre et quelques vers, que peut-elle bien avaler maintenant ? Il n'y a pas de pissenlits autour de sa tombe. Les couleuvres, elle les a avalées de son vivant. Anorexie mortelle, lente descente en enfer, avant un paisible retour à la terre. Enracinée dans la terre nourricière.

Il n'entendra plus jamais la voix de la mère au téléphone. Il les regrette déjà, ses coups de fil presque quotidiens qui souvent l'exaspéraient. « Allô, c'est moi » était le sésame commençant un long, très long soliloque. Toujours les mêmes lamentations sur la tyrannie de sa belle-mère. Toujours les mêmes plaintes sur ses rapports conflictuels avec son mari. « Oh, tu sais, ton père… » Toujours les mêmes reproches vis-à-vis de sa fille et de son fils aîné. « Tu sais, si je ne les appelle pas, ils ne me téléphonent jamais. » Ils ne donnent aucun coup de fil puisqu'elle ne peut résister plus d'une semaine sans prendre de leurs nouvelles. Des heures à raconter les riens du quotidien. Des peu qui sont des tout. Des heures à écouter pour soulager. Des heures à entendre ses signes intérieurs de détresse. La mère ne lui pose pas de question, par discrétion ou par indifférence. Avant, il se permettait de lui donner des avis. Avant, il s'autorisait à lui prodiguer des conseils. Elle ne l'entendait pas, alors le fils s'est tu pour écouter la mère. Des marées de diarrhée verbale monocorde. Noyée dans ses mots monotones. Sourde aux bouées qu'il lui lançait. Elle pouvait l'appeler plusieurs fois dans la même journée pour un détail insignifiant. Elle le rappelait encore, pour lui annoncer la mort d'une personne qu'il ne connaissait pas. Agacée devant son indifférence, elle insistait pour qu'il partage avec elle ce cadavre encore chaud. Elle trouvait des anecdotes connues seulement d'elle-même pour raviver la mémoire du fils et faire revivre cet inconnu. Devant le silence du fils, elle récitait l'arbre généalogique du défunt mieux que personne. Avec le temps, les macchabées se sont précipités. Elle les trouvait toujours trop jeunes pour mourir. Souvent plus vieux qu'elle, ils faisaient à ses yeux de trop jeunes morts. Les jours suivants, elle se délectait de la description de l'enterrement. Un compte rendu par le menu des tenues portées, du nombre de bouquets et des gens rencontrés à l'occasion. Le reportage était précis sur le vieillissement de ces personnes qu'elle n'avait pas vues depuis longtemps. Elle insistait encore et encore sur la jeunesse du défunt en comparant son âge au sien. Comme s'il y avait un âge acceptable pour mourir. On est toujours novice pour mourir.

La mort de la mère signe la fin de ce long soliloque. Le jour est arrivé où ses appels vont lui manquer. Il viendra peut-être au cimetière continuer cette discussion à sens unique pour lui raconter à son tour sa vie.

« Tu as vu, je n'ai pas grossi ! Je ne change pas. Je suis toujours la même. » Elle relevait alors son pull, tirait sur la ceinture de son pantalon, rentrait son ventre. Elle cherchait désespérément du regard l'approbation du fils. Son sourire si lumineux à l'hypocrite acquiescement du fils effaçait l'image de la chair flasque et blanche qui tremblotait sous le plat de sa main. Image inacceptable d'un corps vieillissant qu'il aurait toujours voulu regarder avec ses yeux d'enfant. Le corps ferme et tonique de la mère quand elle avait trente ans. Sa peau est si fine, si fripée, si flasque, maintenant. La peau de la mère est si douce que son contact sous la main en est presque repoussant. Ses muscles ont fondu. Sa bouche s'est enfoncée en une fente goyesque et son menton a décidé de se projeter en avant pour faire contrepoids aux dents disparues. Le tour de ses yeux strié de fines rides concentriques semble implorer un dernier regard. Son cou aux tuyaux d'orgue de muscles décharnés s'agite au moindre mouvement de mâchoire. Malgré tout, il se dégage une sorte d'agréable bienveillance de son visage. Les ongles de ses pieds jaunis d'une épaisse corne boursouflée peu ragoûtante sont entrés en rébellion contre la seule coquetterie qu'elle affichait. De mémoire, le fils n'a jamais vu ses ongles de pieds sans vernis de couleur. Ses mains sont toujours aussi belles, malgré les serpents bleus qui jouent à soulever sa peau tachetée de petites marques brunes. Ses mains énergiques et fermes qu'elle recroqueville à présent comme des serres d'oiseaux. Que veut-elle retenir dans ses mains déformées ? Que lui cache-t-elle qu'il n'aurait pas découvert ?

Depuis longtemps, le fils a cherché à percer le secret de ses origines. Il voulait savoir qui était vraiment la mère. Son intuition l'a incité à découvrir les causes de son mal-être. Aller au plus profond du mal pour le combattre. Enquêter pour connaître la vérité. Interroger par pur égoïsme. Comprendre pour ne pas souffrir comme elle. Savoir pour conquérir sa propre liberté.

Même si elle lui a toujours dissimulé ses blessures, le fils voit bien qu'elle n'est pas heureuse. La mère se plaint de choses sans importance, de celles qui sont apparentes. Le fils sent bien qu'elle lui cache ses douleurs les plus profondes, celles que personne ne soupçonne. La mère ne se lamente jamais sur les épreuves de sa vie. Au contraire, elle enjolive ses souffrances pour les rendre plus acceptables. La mère ne lui masque pas son histoire, elle la déguise.

Ses souvenirs sont dans sa tombe. Certains mystères sont enfouis avec elle mais le fils connaît sa mère mieux que les autres. Il a découvert des faits dont elle ignorait elle-même l'existence. Le fils pense à tous ses secrets oubliés qui sont dans sa tombe.

La mère éprouve depuis toujours un sentiment d'infériorité qu'elle cherche constamment à surmonter. État d'insécurité qu'elle a transmis au fils. Détresse qui empêche de grandir et d'avoir confiance en soi. À deux, ils sont plus forts. Elle est sa reine. Il est son chevalier. Il veut la défendre contre ce qu'il ne sait pas. Preux chevalier qui affronte les fantômes du passé. À deux, ils ont moins peur. La mère a du mal à lui donner sa confiance, à se livrer sans fard. Il veut l'aider pour ce qu'il ne comprend pas. À deux, il est plus facile de s'affranchir du passé, de surmonter les tempêtes à venir. La mère lui a transmis sa force mais aussi ses peurs. La force de vivre. La peur de l'abandon. La peur d'être abandonnée à force de mal donner. La mère est incapable de recevoir de l'amour comme d'en donner. Elle en a si peur qu'elle se trouve indigne d'en recevoir. Effrayée par l'amour. Elle en a tant manqué. Elle le craint si fort qu'elle le galvaude, le distribue à tout va. À qui en veut, sans distinction. Elle aime tout le monde de la même façon. C'est sa façon à elle d'aimer.

Elle est la mère mais elle est restée une petite fille. Une petite mère à protéger et à gâter. Pour ses cinquante ans, le fils lui a dessiné et fait réaliser un bracelet en or gravé des prénoms entrelacés des êtres qui lui sont chers. Plus de trois cents grammes d'amour, trop lourds pour elle toute seule. Insupportable. Menottes d'amour impossible. Bijou jamais porté. Elle ne le mérite pas. La mère indigne donne à sa fille tous ces noms gravés dans l'or. Le fils en est blessé, non pour le prix du cadeau mais parce qu'il comprend qu'il s'est trompé. Ce symbole de la famille est illusoire. La mère l'a compris bien avant lui. Elle sait que cette famille n'existe pas. Sa fille réécrit l'histoire familiale en faisant disparaître certains prénoms du bracelet. Sa fille renie ses propres origines. Fille malheureuse qui pense qu'en effaçant le passé, elle évitera l'avenir.

La mère à l'allure d'adolescente brouille les cartes et fait perdre leurs repères aux gens qui la croisent accompagnée de ses quatre enfants. Les gens la prennent pour leur grande sœur. Elle rougit autant qu'elle s'amuse de leur méprise. Elle entretient son apparence avec des vêtements qui conviendraient mieux à une jeune fille qu'à une jeune mère. Chaussures plates, socquettes roulées, jupes plissées et polos sans manches sur un corps androgyne. Corps sans hanches ni taille marquée, peu de poitrine et une dégaine de garçon manqué. Féminité en sourdine, pour ne pas se faire remarquer. Visage ni masculin ni féminin. Sans fard. La mère n'a jamais maquillé les vérités et les mensonges de sa vie. Incapable de mentir. De l'eau pour nettoyer les salissures. Une peau lavée, récurée, poncée plusieurs fois par jour. De l'eau pour faire disparaître les souillures de la vie. Beauté au naturel. Quelques gouttes de parfum. Artifice olfactif en guise de protection. Elle sort sans maquillage mais jamais sans Mitsouko de chez Guerlain. Désir de plaire sans orgueil ni vanité. Désir surtout d'être aimée. Désir jamais rassasié. Besoin mortel qui empêche la mère de vivre.

La mère est asexuée aux yeux du fils. Il se rappelle lui en avoir voulu d'avoir découvert qu'elle aimait un autre homme que lui. Le mari. Le père. Le fils a eu du mal à accepter le rival, à accepter leur couple. Un couple sans paire. Un couple sans repère. Sans père ni mère. Un couple qui s'appartient.

Le manque d'amour de la mère lui fait donner trop d'amour. En mal d'amour, la mère le distribue sans compter. Des baisers à tous vents. Elle attrape le fils pour l'embrasser à tout va. Baisers qu'elle n'a jamais reçus. Des baisers pour consoler, d'autres pour protéger. À huit ans, les baisers de la mère le dérangent. Le fils la repousse. La mère ne comprend pas. Plus de baiser. Une mère n'embrasse pas son enfant sur la bouche.

C'est la mort qui lui a donné son dernier baiser. Le fils regrette de l'avoir blessée. Il les regrette, ses baisers.

L'a-t-elle rencontré, l'amour de sa vie ? Elle seule le sait.

A-t-elle aimé ses quatre enfants avec le même amour ? Personne ne le saura jamais. La réponse est dans sa tombe. Enfouie au fond du trou. Une mère peut-elle aimer du même amour inconditionnel tous ses enfants ? Une mère peut-elle ne pas aimer ses enfants ? À voir les autres mères, le fils s'est souvent posé la question. Est-ce que la mère a aimé tous ses enfants sans différence aucune ? Il l'ignore, elle le sait. Certains disent qu'il était son préféré. Le favori des quatre. L'élu. Un amour sans condition. Il a voulu en avoir le cœur net. Il lui a demandé si elle l'aimait. Elle lui a répondu « Oui, bien sûr, je t'aime bien. » Ce *bien* de trop lui a fait du mal. Pas plus, pas moins que les autres. L'amour est tombé de son piédestal.

Et lui, a-t-il aimé la mère ? Oui, il l'a aimée, puis il ne l'a plus aimée. Il l'a même détestée. Mépris silencieux. Vengeance sans paroles. La mère cache sa peine d'être abandonnée par le fils. La mère l'ignore pour qu'il revienne. Le fils souffre de ce désamour qu'il s'est imposé. Petit à petit, tout doucement, très lentement, il fait machine arrière. Il réapprend à aimer la mère. Aimer sans plus, aimer sans moins. Aimer tout simplement. Aimer sans jugement aucun. Amour égoïste. Aucun gagnant, aucun perdant. Aimer pour être libre, tout simplement.

Le fils ne veut pas de secret entre sa mère et lui. Le sien est trop encombrant. Secret caché pour ne pas la blesser. Le fils est ridicule et lâche. Il est temps qu'il se confronte à la réalité. Lui révéler son homosexualité. Des semaines de tergiversations, de faux-fuyants, de peurs en tous genres, soldés par un silence glaçant après la révélation. Secret découvert, aussi vite étouffé. Elle ne lui pose aucune question. Non-dits et silence méprisant. Révélation enterrée vivante. Quelques années plus tard, au cours d'une conversation, la mère évoque le mariage improbable du fils. Elle soutient son regard noir pendant de longues secondes, puis baisse ses yeux pleins de désespoir. Le fils lui présente les hommes qui traversent sa vie. Présentations valent approbation. Aucune objection, aucune opinion. Jamais une question.

La mère n'a aucune aversion. La mère aime d'instinct. Elle aime comme un animal. Sans réfléchir. Tout de suite, jamais ou pour la vie. Elle aime d'un amour vrai, d'un amour pur. Elle aime sans distinction. À vie. Elle aime sans différence. Enfants et amis aimés de la même façon. Aimés sans avantage. Elle est incapable d'aimer autrement. Elle écarte les gens toxiques. Des gens nuisibles lui sont imposés. Attaques sournoises. Faux amis blessés de ne pas avoir été adoptés. Rumeurs empoisonnées. Belle-famille qui ne l'a pas choisie. Moqueries assassines. Jalousie de son amour généreux et possessif. Elle est attaquée pour son manque d'instruction, elle qui n'est pas allée longtemps à l'école. Vilipendée d'être trop franche et trop directe. Dénigrée pour dire la vérité et dénoncer les mensonges. La mère serre les dents. Toujours le sourire comme seule défense contre leurs attaques répetées. Les êtres qui aiment la vie attirent ceux qui en ont peur.

La mère aimante les enfants. Partout où elle passe, ils viennent à elle spontanément, en toute confiance. Ils savent naturellement qu'elle les comprend mieux que n'importe qui. Elle les accueille avec une gentillesse infinie et une patience sans limites. Elle leur parle d'un ton si juste qu'elle peut en faire ce qu'elle veut. Elle les respecte. Des heures et des journées entières à jouer avec eux sans jamais rien leur refuser. Leurs rires aux éclats et leurs baisers sont les plus beaux des remerciements. Elle donne l'amour d'une mère à ces enfants sans en avoir les responsabilités. Elle invente l'amour qu'elle aurait aimé recevoir de sa propre mère.

Sa mère qui lui a tant manqué. Sa mère dont elle a si peu parlé. Quelques bribes, souvenirs ténus, souvenirs émus. Le fils essaye de la faire parler de cette femme qu'il n'a pas connue. Trop douloureux. « Ma mère est morte en mettant au monde mon petit frère. » « Paul, mon petit frère, est mort quelques jours plus tard. » « Morts de la tuberculose. Tous les deux. » « C'était un an après ma naissance. » Des fragments de sentiments. Des morceaux de vie. Deux morts en si peu de mots.

La mère ne ment pas. C'est sa vérité. Elle s'est arrangée avec son histoire pour pouvoir continuer à vivre. Elle s'est réinventé un passé pour exister. Elle ne lui a jamais menti. Elle en est bien incapable. Quand elle ne veut pas dévoiler une vérité gênante, elle se tait. Cet arrangement avec la vérité lui fait moins de mal que la réalité.

Le fils met des années à percer le mystère de ces deux morts et celui de la naissance de la mère. Il a besoin de savoir. Chercher des preuves qui ne peuvent pas être contestées. Une fois qu'il les a trouvées et vérifiées, il tente de les lui transmettre. Il est impossible pour elle de les entendre. Elle a l'impression qu'il la traite de menteuse car sa version est pire que celle qu'elle a imaginée. Pire que celle qu'elle lui a racontée. Cette vérité insoutenable, enjolivée pour continuer à vivre.

Paul, son petit frère, né un an après elle, meurt à vingt mois de la tuberculose transmise par sa mère. Il s'est battu mais la maladie a été plus forte que lui. On le couche dans son petit cercueil de bois brut, tout vêtu de blanc. Une couverture crochetée, enroulée sur son petit corps frêle. Sa peau transparente marbrée de bleu, ses grands yeux mi-clos et ses ongles déjà cernés de noir. Quelques cheveux blonds dépassent de son petit bonnet de laine. Juliette, sa mère, est trop faible pour assister à son enterrement. Un enterrement à la va-vite, sans fleurs ni pleurs. Sa mère est trop vulnérable, trop contagieuse surtout pour être présente. Elle meurt de la même maladie, deux ans plus tard, à trente-neuf ans, sans avoir revu ses enfants, à part sa fille aînée. Elle est très belle, si belle dans sa longue robe noire aux petits boutons de jais. Aucun bijou, pas même son alliance. Un crucifix en poirier noirci dans ses mains croisées sur sa taille fine. Petite femme si douce et si aimante, encore plus belle morte que vivante. La paix et la délivrance d'une vie épouvantable se lisent sur son visage serein. Six personnes, prêtre compris, assistent à ses funérailles. Il paraît que c'est frappant comme sa plus jeune fille lui ressemble. Ce qui est troublant, plus que leur ressemblance, c'est le mimétisme de leurs deux vies. Deux vies jonchées de frustrations et d'abandons. Deux vies à donner tant d'amour sans en recevoir en retour.

Elle est enterrée toute seule, sous une dalle de pierre de Bourgogne. Il n'a jamais vu une plante égayer sa tombe. Vivante ou morte, la grand-mère n'y a pas droit. Un prénom, un nom et deux dates peintes en rouge sang. Une tombe par obligation. Reconnaissance au minimum. Son fils est tout seul lui aussi, à deux ou trois pas de sa mère. Séparés. Chacun son trou, pas de jaloux. Le fils ne sait pas pourquoi ils ne sont pas réunis. Tout le monde a oublié. La tombe d'un oncle qui aura toujours deux ans. Une bordure de pierre délimite un petit rectangle de gravillons où aucune herbe ne pousse. Une croix de marbre blanc, cassée en deux, retenue par un crucifix rouillé. Une plaque avec son identité et deux dates impossibles à déchiffrer. Certaines inscriptions ressemblent à des avis de recherche.

La mère n'y va jamais. Aucune nécessité d'aller voir ceux qu'on n'a pas pu aimer. Aucune obligation d'aller se recueillir sur les tombes de gens qui nous sont inconnus. Elle n'a jamais montré au fils la tombe de son père. Il ne sait même pas où il est enterré. Ils n'en ont jamais parlé. Un père, un grand-père, sans lieu où se recueillir.

Un jour, en rentrant de l'école, le fils est surpris de voir la mère habillée de noir, comme tous ses frères et sœurs. Silence de plomb. Soleil éclatant en ce mois de juin. Une chaleur à crever. Le fils dit en riant qu'ils ressemblent à un vol de corbeaux, en ajoutant des croassements et des battements de bras. « Ton grand-père est mort. Nous rentrons de l'enterrement. » Réponse au rasoir. Système de défense tranchant de douleur. Le fils n'a aucune tristesse d'apprendre la mort d'un homme qu'il ne connaît pas. Cet homme qu'il n'a vu qu'une seule fois dans sa vie. Le fils ne pose aucune question. Le temps lui apportera toutes les réponses.

Quelques années auparavant, arrêtée à un feu rouge, la mère était au volant de sa voiture, une cigarette entre les doigts. Ses trois garçons assis à l'arrière en train de chahuter. Elle les conduisait à la piscine par un après-midi d'été, quand soudain elle leur a dit : « Vous voyez, l'homme qui traverse devant nous, c'est votre grand-père. » Les enfants ont jeté un œil indifférent sur le vieillard, en bleu de travail, une casquette vissée sur la tête, qui s'appuyait péniblement sur une canne en bois. Le feu est passé au vert, elle a redémarré, personne ne s'est retourné. La mère l'a suivi du regard dans le rétroviseur.

Rien. Elle ne lui a rien raconté de ses parents. Des bribes insignifiantes. Des impressions indifférentes. Quelques phrases *a minima* qui masquent des douleurs infinies. Quand le fils a voulu savoir, connaître ses grands-parents, il était trop tard, la mère ne pouvait plus répondre. Les secrets de famille les mieux gardés sont ceux qui n'ont jamais été interrogés.

Mère imparfaite comme toutes les mères. La mère a une qualité qu'il ne connaît à aucune autre. Sa force. Avant d'être une mère forte, elle a été une jeune fille courageuse, une femme déterminée. Elle a une capacité à s'adapter et à surmonter les épreuves qui jalonnent sa vie. Sa force morale. Une force de l'âme, surtout une grande force de caractère. Plusieurs fois, au cours de sa vie, il l'a vue tomber, être anéantie, dévastée, mais elle a toujours fait face, elle s'est toujours relevée. Cette force est la plus belle chose qu'elle lui ait transmise. Il ne sait pas pourquoi mais il veut croire que la sienne lui vient de sa propre mère. Force de vie. Force de survie. Cette envie de vivre plus forte que tout leur est commune à tous les trois. Force qui passe de génération en génération. De mère en fille, de mère en fils.

À la mort du petit frère, sa mère est si malade que les huit enfants sont dispersés aux quatre coins du département. Les deux garçons chez leur grand-mère, deux filles chez les sœurs de Saint-Vincent-de-Paul, deux autres à l'hôpital Notre-Dame, gouverné par des religieuses, dans une autre section que la sœur cadette et elle, la benjamine. C'est la guerre. Les gens manquent de tout. Comme ils n'ont rien, ils se satisfont de peu. « Les bonnes sœurs n'ont jamais été méchantes avec moi. Elles n'étaient pas tendres mais justes. » Elle est si jeune, à peine deux ans. Elles ont de la pitié sans lui donner d'amour. Son père ne vient jamais la voir. Pas de nouvelles non plus des autres frères et sœurs. C'est la guerre. Le temps des privations. Privée de tout, privée d'amour.

La mère lui a toujours dit qu'elle avait rencontré le grand-père avant le père. Au début le fils ne fait pas attention à son air entendu. « J'ai connu ton grand-père avant ton père. » Comme si elle voulait lui faire passer un message capital. « J'ai connu ton grand-père avant ton père. » Devant son insistance, le fils commence à lui poser de nombreuses questions. Elle le décrit comme un homme très gentil et très doux. « C'est lui qui m'a offert ma première poupée. » Il a l'air sympathique, ce vieux bonhomme, qui gâte cette petite fille. Il semble chaleureux, ce jeune père de deux garçons. Mais quand le fils lui demande si sa femme était aussi délicate que ce grand-père inconnu, elle lui répond sèchement : « J'ai rencontré ta grand-mère le jour où je me suis mariée avec ton père. »

Drôle de réponse. Quelque chose n'est pas clair. Pourquoi n'a-t-elle pas rencontré ses beaux-parents en même temps ? Pourquoi avoir connu son beau-père bien des années avant sa belle-mère ? Le fils doit combler les années manquantes. Il trouve la vérité auprès des deux seules personnes encore vivantes qui ont bien connu ses grands-parents. Un homme et une femme de confiance, à la mémoire vivace et précise, des gens intègres. À la fin de leur vie, certains êtres ont besoin de délivrer la vérité pour la postérité.

Le grand-père souffre de la sécheresse de sa femme qui lui reproche de trop boire. Il se console dans les bras d'autres femmes. C'est un sacré queutard. Il ne peut résister aux charmes de ces dames, pourtant il a un physique ingrat et un visage qui n'est pas harmonieux. C'est un notable et il a de l'argent, cela suffit pour gommer ces défauts et que s'ouvrent de nombreuses cuisses. C'est un homme lunaire et généreux qui, comme son épouse, a ses propres bonnes œuvres. À la différence de sa femme, il aime les enfants. Il rend souvent visite aux enfants abandonnés de l'hôpital Notre-Dame. Accompagné de deux acolytes, il ne vient jamais les mains vides et offre à ces jolies petites filles pauvres des poupées, des tours de manège et des sucreries. Les trois hommes ont du mal à garder leurs mains au fond de leurs poches et le manège dure des années. Il y en a une qui reçoit plus de cadeaux que les autres.

Gâtée par le grand-père qui s'intéresse de trop près, beaucoup trop près, à cette petite fille toujours souriante. Les religieuses ferment les yeux, étouffent les rumeurs, mais ouvrent leurs poches en grand car l'homme est plus que généreux. Et puis, toutes ces accusations sont infondées puisqu'ils sont les trois notables les plus en vue de la ville. Cette petite fille abusée, c'est elle, celle qui deviendra la mère.

Elle n'en a jamais voulu à cet homme pervers et alcoolique. Souvenirs pleins de tendresse. Elle en parle avec ce sourire de l'innocence des enfants qui désespèrent d'être aimés. Il lui portait l'attention qui lui manquait tant. Elle s'est trompée, en prenant son intérêt pour de l'amour. Ces abus dont elle a été victime l'ont empêchée d'aimer et de s'aimer. C'est une des choses qu'elle a en commun avec son mari. Lui aussi est incapable d'aimer et de s'aimer. Cette impossibilité d'aimer les a reliés.

Dès que possible, les sœurs la font travailler. Fille de salle. Fille salie. Bonne à faire le service dans les salles communes de l'hôpital. Pas dans les chambres des jeunes à qui elle pourrait faire tourner la tête, mais auprès des vieux, des grabataires, ceux qui ont perdu la tête, ceux qui sont arrivés au bout de leur vie. Elle en a changé, des draps souillés. Soulevé des vieilles pisseuses aux seins flasques et au sexe glabre. Combien en a-t-elle lavé, des vieux qui s'étaient chié dessus ? Elle les a fait manger, ces édentés qui recrachent plus vite qu'ils n'avalent. Lavé à grande eau les vomis de ces malades. Balayé des couloirs interminables. Des gens sans famille. Abandonnés de leurs amis. Des vieux sans argent, qui n'ont que leur morale et leur honneur comme dernière richesse. Des miséreux pas toujours dignes. Des vieux qui s'exhibent devant elle, elle qui vient d'avoir douze ans. Ils branlent leurs sexes avachis, tripotent leurs chairs déformées. Peaux de serpents qui muent, plissées, tachées, dévitalisées. Peaux pleines d'ulcères qu'il faut désinfecter. Changer les pansements pleins de pus. Soigner les infections dans des conditions d'hygiène douteuses. Toutes ces odeurs de désinfectants et de médicaments se mélangent aux fluides corporels. Elle y est habituée. Tous ces corps qui pourrissent de l'intérieur, elle ne les remarque même plus. Toujours son sourire en protection. Rayon de soleil dans ces dortoirs tout gris. Des vieillards parfois violents à vouloir l'étrangler. Ces vieux, trop souvent aimants à vouloir trop l'embrasser. Ces vieux, aux mains baladeuses sur ses seins naissants. Ces vieux qui claquent ses fesses d'adolescente. Quolibets et plaisanteries douteuses. Regards lubriques et sifflements libidineux au quotidien. Elle ne fait plus attention aux cadavres qu'elle découvre dans leurs lits ou leurs fauteuils. Le cou plié, à angle mort. La tête renversée vers le ciel. Gueules édentées, grandes ouvertes. Pas de premiers cris, seulement des derniers râles. La seule chose dont elle ait peur, ce sont ceux qui ne se supportent plus. Ceux pour qui la vie ne vaut plus la peine d'être vécue. Ceux qui se tranchent la gorge, noyés dans une mer de sang. Corps inertes au bout d'une corde. Corps si lourds qu'il faut décrocher. Bruit sourd de la mort-objet qui tombe au sol. Suicidés plus forts que la mort.

Elle n'a pas peur de la mort, elle aime la vie. Insouciante à vivre le présent, oubliant le passé, elle rêve de son avenir. Rires et fous rires quand elle fait le mur pour aller danser. C'est une gamine espiègle au regard doux. Sa crinière bouclée descend jusqu'à la taille. Elle n'a pas d'argent mais elle est maligne. «Je me dessinais un trait de crayon derrière les jambes, pour faire croire que je portais des bas.» Ses jambes dévergondées tournent à toute allure sous sa robe Vichy. «Je me passais du marc de café pour faire croire que j'étais bronzée.» Ses chevilles fines, ses genoux sculptés et ses cuisses fermes ne sont plus qu'un joli souvenir. Sur ses jambes couraient des serpents bleus, veines enroulées, vaisseaux noueux, vipères boursouflées apparues après ses grossesses. Une opération plus tard, ses varices ont disparu sans laisser de cicatrice, ses jambes ont retrouvé leur beauté.

Elle vit, elle danse comme un papillon, jusqu'au bout de la nuit. Elle danse, elle tourne et virevolte comme une toupie sans fin. Elle change de partenaire à chaque nouveau refrain. Personne n'arrive à suivre sa cadence. Elle fait tourner les têtes et chavirer les cœurs. Ils sont nombreux à essayer de l'attraper, mais elle n'accepte aucun baiser volé, aucune main trop appuyée. Maintenant, elle continue à danser, avec la plus laide des cavalières. C'est avec la mort qu'elle va danser jusqu'à la nuit des temps.

L'oiseau en cage a des envies de liberté. C'est une proie facile, une jolie ingénue, qui ne peut cacher ses sentiments à ce bonimenteur. Il porte le même prénom que son petit frère mort de la tuberculose. Il a neuf ans de plus qu'elle. La bonne réputation de sa famille précède l'argent en devenir. C'est un séducteur. Tel père, tel fils. Elle croit au prince charmant, éblouie par ce beau parleur. Personne ne lui a jamais parlé comme ça. Elle prend ses mots pour de l'amour, illusionnée par ce fils de bonne famille. Il est sans détour le chemin de la piste de danse au pied du lit. C'est un jeu d'enfant de séduire une mineure quand on a neuf ans de plus que la blanche colombe. Amour, amour. À peine pénétrée, aussitôt engrossée. Elle est enceinte. On lui dit de ne pas le garder. Comme toujours, elle n'écoute personne. Comme toujours, elle suit son intuition. La raison est contre, son instinct est pour. Pas question de faire appel à une tricoteuse pour faire passer cet ange. Son amoureux, catholique, ne se sent pas concerné. Responsable de rien. Elle n'avait qu'à faire attention. Jeune fille de dix-huit ans, insouciante et libre. Son ventre s'arrondit plus que de raison. Il faut que tout le monde voie son ventre-montgolfière. Afficher en plus de ses trente kilos sa situation de future mère aux yeux de la famille et des amis de l'enchanteur. Son état ne l'empêche pas de continuer à travailler. Pas question de s'arrêter. Elle a besoin de ce peu d'argent pour élever son futur enfant. « Je n'ai jamais eu autant d'énergie que pendant mes grossesses. Attendre un enfant n'est pas une maladie. » Contrairement aux autres femmes, elle n'aime pas du tout son corps déformé. « J'avais des seins de vache laitière, ça me dégoûtait. » Enfant, le fils imaginait la poitrine de sa mère avec des pis qui poussaient dans tous les sens. Mère nourricière qui ne les a jamais allaités. Artémis d'Éphèse aux mamelles asséchées. Elle accouche seule. Toute seule. En secret. Sans un cri. « Je mordais dans un gant de toilette mouillé pour ne pas crier. » Il faut souffrir pour être délivrée. Elle est si jeune, un jeu d'enfant. Elle joue à la poupée avec cette petite fille sage. Cette poupée qu'elle n'a jamais eue quand elle était enfant. Elle a un nouveau statut dont elle est fière. Elle est fille-mère.

L'enfanteur se pointe de temps en temps pour régler quelques factures dont elle a du mal à s'acquitter. Il paye et se donne le droit d'abuser d'elle. Tel père, tel fils. Sa mansarde abrite leurs jeux clandestins, juste à côté du berceau où gazouille la nouvelle-née. Biberons toutes les quatre heures. Tétines en caoutchouc qu'elle fait bouillir dans une casserole. « Je lavais ma fille dans une bassine en zinc émaillée. Je faisais chauffer de l'eau et mesurais la température avec un gros thermomètre. » Anecdotes pratiques dénuées de sentiments. « Je fermais les couches avec des épingles à nourrice. J'avais peur de la piquer. » Bébé-fakir, transpercée de part en part. Elle tricote des brassières en laine au point mousse ou au point de riz. Un point à l'endroit, un point à l'envers. Son joli cœur passe et repasse. Sans retour de couches. Elle est de nouveau enceinte. Les bonnes sœurs n'en croient pas leurs yeux. Fille-mère et fille de joie à la fois. Elle accueille cette nouvelle, sans se poser de question. Deux enfants conçus et nés hors les liens du mariage. Inadmissible pour les amis du père de son séducteur qui vient de mourir. Ils vont le voir et lui demandent de régulariser la situation. En mémoire de son père, ils lui ordonnent de donner un avenir à ces enfants. La mère, elle n'existe même pas. Les enfants d'abord, la femme par-dessus bord.

Il ne veut pas se marier mais plie devant leur fermeté. De quoi l'ont-ils menacé ? Personne ne le saura jamais. Le coupable s'exécute. Il l'épouse en catimini, loin des regards et du qu'en-dira-t-on. Pas d'église pour les filles impures, seulement le droit à la mairie d'un village, loin de la ville et de la honte. Un témoin pour chacun. Mariage caché, sans robe de mariée ni photos souvenirs. Les enfants sont reconnus. Elle aussi. Pour la première fois, elle est déclarée mère et femme de. Une pierre, deux coups. Une coupe de champagne et trois biscuits roses comme repas de fête. Son prince est-il charmant ? N'est-il pas déguisé en vilain crapaud ? Est-elle heureuse, cette jeune mariée qui vient d'épouser le fils de l'homme qui a abusé d'elle quand elle n'était encore qu'une enfant ?

Nouvelle famille, pas si belle que ça. Elle va vite s'en rendre compte. Sa nouvelle mère est opposée à ce mariage. Son fils a épousé une fille de rien. Une fille qui lui a fait deux enfants dans le dos. Une fille sans dot. Une fille mineure et sans éducation. La jeune mariée a une nouvelle maison si grande qu'elle lui fait penser à un château. Château prison plus qu'enchanté. Une famille, une maison, un mari avec de l'argent et déjà deux enfants. Elle croit vivre un conte de fées quand elle apprend qu'elle en attend un troisième. L'enfant légitime, conçu et qui naîtra dans les liens du mariage. Ses rêves deviennent réalité. La belle-mère est aux anges. « Je ne t'ai pas senti passer, pourtant tu faisais presque cinq kilos à ta naissance. » Pas de mauvais souvenirs pour cet enfant consacré. « Tu n'as même pas crié. » Un enfant facile et sans histoire. « Je voulais t'appeler Guillaume, ta grand-mère n'a pas voulu car le garçon de la ferme d'en haut avait le même prénom. Alors, je t'ai appelé Gabriel. » Enfant roi qu'on n'aura de cesse de sacrifier. La mère a désormais un avenir puisqu'elle leur a donné un héritier.

Tel père, tel fils. Le cher mari perpétue la tradition de l'adultère. Il séduit la blonde marraine du nouveau-né. Le conte de fées s'écroule. La mère est de nouveau enceinte. Le quatrième enfant en quatre ans. L'amour a pris un coup. La mère trompée accouche d'un troisième garçon dans des douleurs atroces, alors qu'il ne pèse pas trois kilos. Enfant mal né, enfant malformé, enfant sans vice qui naît avec une anomalie cachée. L'enfant a les mains bleues. Elle est inquiète et son instinct de mère le crie. On la fait taire en la traitant de folle. Cet enfant a froid tout simplement. Mauvaise mère qui n'a pas pensé à lui mettre des gants pour le réchauffer. Taisez-vous ! Tout est de votre faute.

La rivale s'éloigne mais elle a des sœurs. Jolis cœurs et corps à prendre. Le mari fait la conquête de deux de ses belles-sœurs. La belle-mère le découvre et met un terme à toutes ces histoires. Elle en profite au passage pour interdire à sa bru tout contact avec sa propre famille. Elle prive ses petits-enfants de toutes relations avec leurs oncles et tantes maternels les premières années de leurs vies. La mère est fautive d'avoir des sœurs aussi jolies et désirables. La mère est victime d'avoir un mari volage. Tout est de sa faute.

La mère est étendue dans la solitude égoïste des morts. Des morts qui se sont aimés et qui ne s'aiment plus. Chacun pour soi. Chacun chez soi. Elle est allongée à côté de ceux qui lui ont fait tant de mal. Elle aurait pu choisir d'être ailleurs mais elle ne l'a pas fait. Elle aurait pu être enterrée toute seule mais elle ne l'a pas voulu. Le fils aurait pu lui demander où elle aurait souhaité être enterrée. Il n'y a jamais pensé. Ils sont étendus chacun de leur côté, sans aucun tourment, sans aucun remords.

La mère joue à la poupée avec ses quatre enfants. Tous les quatre habillés en uniforme. Culottes anglaises en flanelle grise aux genoux et chemises de coton blanc sous des pulls bleu marine pour les garçons. Jupe plissée tartan écossais ou robes à smocks pour la fille. Chaussures orthopédiques montantes, lacées en chevreau blanc pour tous. Peur des pieds plats et des jambes arquées. Ce qui n'empêche pas les deux plus grands d'avoir des colonnes vertébrales qui dansent la carmagnole.

Pas de barrières entre la mère et ses enfants. Une larme à l'œil, un sourire malicieux, une moue boudeuse ou un mot d'un de ses enfants désarment son semblant d'autorité. Elle est si jeune qu'elle s'amuse quand on la prend pour leur grande sœur. Petite mère qui ne veut pas grandir. Petite mère qui veut vivre l'enfance heureuse qu'on lui a volée. Incapable de déclamer une récitation, elle connaît par cœur des centaines de chansons. Toujours la première à grimper dans les arbres pour cueillir les fruits haut perchés. Elle jongle avec quatre, puis cinq oranges, forçant l'admiration de ses enfants. Elle les fait rire en faisant le poirier dès qu'elle trouve un mur libre pour s'y plaquer. Corde à sauter, marelle, bataille, petits chevaux et balançoire. Un, deux, trois, soleil ! La vie est belle. Elle s'étourdit. Elle sourit à la vie. Ses enfants la rendent aveugle. Bonheur fugace et illusoire.

Reconnaissance éphémère. Elle est rude, l'ingratitude de ses enfants. Elle leur a tout donné ces dernières années, elle ne comprend pas pourquoi ils veulent s'envoler du nid. « Des quatre, c'est toi qui as été le premier à vouloir partir et à te faire des amis. De toute façon, tu as toujours été le premier. » Épris de liberté. Envie d'ailleurs. Besoin d'air frais et de nouveauté. La maison est envahie de nouveaux enfants, trop grands pour avoir besoin d'une autre mère.

Elle se sent trahie. Abandonnée. Délaissée par ses

enfants, négligée par son mari. Elle a trente ans. La vie est devant elle. Instinct de vie, force de destruction. Elle rentre de chez le coiffeur, elle a laissé tomber ses longs cheveux derrière elle. Elle s'est rasé la tête. Elle dit que c'est la mode. « Ton père m'a dit que je ressemblais aux femmes tondues à la Libération. » La mère éclate de rire. Le fils s'en souvient comme si c'était hier, il a pleuré en entendant son père hurler si fort devant ses cheveux disparus, la menaçant des pires choses. Le fils est tétanisé devant le spectre d'un divorce.

Geste radical. Elle vient de reprendre son avenir en mains. Ses cheveux sont aussi courts que ses robes, copies de chez Cardin, Courrèges et du jeune Yves Saint Laurent. Ses talons sont aussi plats que les souliers de chez Roger Vivier. Rectangles de couleurs vives. Ceintures de métal portées bas, sur les hanches. Collants bayadère. Elle fume avec une rare élégance des Gitanes sans filtre que le fils lui allume avec des briquets Bic. Elle fume beaucoup avec son amie Maïté. « Tu racontes n'importe quoi, je n'ai jamais fumé. » Oubli éhonté, pour se protéger des accusations du fils, de cette addiction qu'elle lui a transmise. Sa mauvaise foi honteuse le fait rire quand il y repense. Petite mère, petite fille, attrapée en train de faire de grosses bêtises.

Transformation qui ne passe pas inaperçue. De jeune mère très occupée, elle devient jeune femme très émancipée. Les hommes la remarquent et commencent à faire la roue. Son mari la trompe, pourquoi se gênerait-elle de son côté ? Et puis, ça le fera peut-être revenir ? Elle l'aime encore, malgré les nombreuses histoires que lui rapportent les langues de vipères, maltraitées ou ignorées par celui-ci. Rumeurs empoisonnées. Non seulement elle se laisse séduire, mais elle se révèle une redoutable ensorceleuse. Elle se lance dans une infidélité-représailles. Désir de vengeance au ventre. Adultère valorisant et rassurant.

Ils lui font la cour, ces beaux parleurs, ces vilains menteurs. Elle veut être aimée, désirée. Ils ont du charme, ces redoutables prédateurs. Elle veut se sentir choisie, être le centre de l'attention. Ils la séduisent, ces dentistes, ces avocats et commerçants. Chuchotements. Elle ouvre grand son lit à ces bourgeois petits ou grands. Désirs secrets. Assouvissement. Plaisirs charnels. Elle découvre sa féminité cachée. Extases volées. Elle apprend à faire l'amour et s'illusionne dans les bras de ces hommes qui s'ouvrent et se referment. Caresses qui blessent. Soupirs étouffés. Elle veut être aimée. Baisers volés. Séductrice naïve qui passe d'un corps à l'autre, à rechercher l'amour idéalisé. Aventures superficielles qui blessent. Elle court, elle court après l'amour. Après des mâles éphémères.

Elle leur fait la cour, avec sa joie de vivre et ses sourires. Ils sont choisis par cette jeune femme mariée à un notable. Fiers d'être élus. Elle va les chercher, ces gens de rien, ces paysans. Ces ouvriers qui lui rappellent son père. Ces hommes qui la baisent comme une chienne, à l'arrière d'une voiture, dans une grange ou en forêt. Ils la prennent à la va-vite. S'enfoncent en elle avec brutalité. Cave humide et froide. Bestialité avilissante. Râlements bruyants. Chiottes d'autoroute. Sexes tendus. Elle n'est qu'une pute, une salope, qui passe de queues en queues. Gémissements bruyants. Elle ouvre les cuisses à qui le veut. Ils la pénètrent sans ménagement. Emma Bovary du pauvre. Elle puise encore plus profond dans la bassesse, comme pour se punir d'y prendre du plaisir. Des mâles qui lui font mal.

L'amour. Elle le cherche, elle le traque, elle le rêve. L'amour. Elle l'idéalise mais elle se trompe. Elle ne trompe qu'elle-même. Elle court après l'amour qu'elle n'a pas connu. Celui de ses parents. Elle aime son mari. Elle ne l'oublie pas. Reconnaissance du ventre. Pas besoin de lui mentir puisqu'il ne lui demande rien. Pas de comptes à rendre. C'est pire que tout. Pas un cri, pas un reproche, pas de jalousie, mais le mépris. Pire que la haine, l'indifférence. Femme bafouée, femme salie. Femme rejetée. Il la tient. Il le sait. Il l'humilie devant ses enfants. Il la rabaisse devant leurs amis. Sa propre mère et son frère en profitent pour la traiter de moins que rien. Humiliations et vexations. Ils lui disent qu'elle est folle de se plaindre. Sans eux, elle n'aurait rien. Sans son mari, elle ne serait rien. Elle est coupable.

Malheureuse. Elle souffre sans rien dire. Les mots sont muets, les larmes vives. Elle se cache pour pleurer. Sentiment de culpabilité. Peur de l'abandon, encore et toujours. Elle se tait et trime plus que de raison. Elle marche dans les pas de sa mère, sans le savoir. Du matin au soir, elle ne sait pas quoi faire pour leur faire plaisir. Ils en profitent et la maltraitent. Moqueries. Ils attaquent le peu d'estime qu'elle a d'elle-même.

Malheureuse. Très souvent, le fils la surprend en pleurs. Regard triste. Nez rougi. La mère tord et tripote dans tous les sens son mouchoir froissé entre ses mains. Doudou d'aucun secours. Elle tamponne ses yeux, ses larmes ne s'arrêtent pas. Joues ruisselantes.

Impossible de la calmer. C'est eux qui ont tort, elle qui a raison. Si c'est invivable et sans solution, il faut partir. Se sauver. Sauver sa vie.

Un jour où il la sent désespérée, le fils lui demande de quitter cet homme qui ne lui veut pas du bien. Cet homme n'a aucun droit de lui faire du mal. Partir. Elle doit se respecter. Il doit la respecter. Divorcer. Le mot est lâché. Sale mot qui l'épouvante. De quoi a-t-elle si peur ? « Je n'ai pas d'argent pour divorcer. » L'amour n'a pas de prix. Il payera ce qu'il lui doit. Elle peut aussi travailler. « Je ne sais rien faire, tu le sais. Je n'ai pas fait d'études. » Le fils insiste et plaide pour son indépendance et sa liberté. Elle redouble de pleurs. Femme affolée impossible à rassurer. Impuissance et révolte face à la réalité sordide. Mère, épouse et femme obligée de rester auprès d'un homme pour une question d'argent. Il a le pouvoir de lui couper les vivres. Elle est sa propriété. Il ne la gâte pas. Pas de superflu, le strict nécessaire. Cadeaux sans cœur. Jamais attentionnés. Minimum vital. Obligée de quémander. Forcée de lui demander de quoi manger. Mâle dominant sadique qui jouit de la voir lui réclamer un peu d'argent. Il attend qu'elle vienne le supplier de desserrer les cordons de sa bourse. Pauvre petit pouvoir si masculin. Il la tient. Femme sous dépendance de son mari. Elle dépend de lui car elle ne s'attribue aucune valeur. Femme résignée par la peur qui l'empêche de prendre sa vie en mains. Prisonnière, elle décide de rester.

Femme soumise, elle réussit à se libérer de l'emprise de sa belle-mère. Peau de vache sans cœur. Matonne qui dirige la vie de ses trois garçons d'une main d'airain. Gardienne de sa propre morale, des bonnes mœurs et surtout de sa lignée. Femme cruelle cachée derrière sa foi. Il faut de la force à la mère pour s'émanciper. Elle est la seule à y parvenir. La crainte change de côté. Sans gloire ni revanche, elle prend la place qui lui revient. Un peu plus de considération, un peu moins d'obéissance. Cette victoire lui attire les foudres de son beau-frère. Homme pourri de jalousie. Homme rongé par la méchanceté. Capable de battre, il retient ses poings, par peur du qu'en-dira-t-on. Homme violent, perfide et mesquin. Il n'hésite pas à la rabaisser plus bas que terre par des formules assassines. Elle encaisse, sans broncher, sous le regard de son mari qui ne dit rien, lâche jusqu'au bout de sa médiocrité. Femme cadenassée par son amour.

Elle souffre de leurs attaques sournoises. Tétanisée. Incapable de se défendre face à l'illusion du savoir.

Et pourtant, c'est elle qui détient la vérité. Elle dit sa vérité. Vérité crue impossible à entendre. Elle les dérange. Seul recours pour eux, la faire passer pour folle. Ils la traitent de folle. Ils la prennent pour folle. Ils la rendent folle. «Je ne suis pas folle quand même. Ils mentent, tu sais. Ils ne veulent pas voir la vérité en face.» C'est elle qui a raison, elle les a démasqués. Son tort est de le crier. Crier la vérité. Beau-père alcoolique et pédophile. Mari volage et malhonnête avec le fisc. Belle-mère mythomane qui s'est inventé une saga familiale. Beau-frère violent qui trompe sa femme. Fille aînée paranoïaque. Fils aîné pervers. Sa propre famille ne peut pas croire ce qu'elle dit. Ses frères et sœurs s'illusionnent devant les bonnes manières, les propriétés et les comptes en banque de sa famille d'adoption. La mère a compris que les bourgeois savent parfaitement jeter de la poudre aux yeux pour cacher leur tout petit esprit. Elle aussi, elle y a cru, avant de voir l'envers du décor. De quoi se plaint-elle, par rapport à eux qui ont si peu ? Elle vit dans un bel hôtel particulier rempli d'antiquités, un grand appartement en ville, un autre sur la Côte d'Azur. Son mari l'emmène skier l'hiver dans une station huppée. Le champagne coule à flots. Elle ne manque de rien. Pourquoi tous ces reproches ? Décidément, elle est complètement folle.

Sa fille va se marier. Son bébé. Déjà. Jeune fille qui vient d'avoir dix-huit ans. Jeune fille au visage ingrat encore dévoré par l'acné. Jeune fille claquemurée dans ses certitudes. Sa fille qui refuse de montrer ses seins sur la plage alors que la mère les exhibe avec fierté. Sa fille qui lui reproche d'être plus désirable qu'elle. Sa fille qui la prend pour une idiote. Sa fille qui ne la supporte pas. Traîtresse qui va avoir droit au mariage que la mère n'a pas eu. Un mariage à découvert. Aux yeux de tous. Un mariage que tout le monde attend.

Les mères rêvent du meilleur pour leurs enfants. La mère aurait voulu un gendre plus jeune, plus élégant, plus grand, plus beau, plus fort, surtout moins conformiste. Un gendre plein de fantaisies, de poésie et surtout un bon amant. Un homme qui sache bien faire l'amour, puissant et audacieux. La mère rêve du meilleur pour sa fille.

Dernières vacances en famille avant le mariage. Dernières vacances avec tous ses enfants. La mère ne sait pas pourquoi mais elle redoute ce moment. Ses quatre enfants réunis pour la dernière fois. Elle est heureuse de les avoir pour elle toute seule mais elle a un mauvais pressentiment. Ils sont jeunes, ils ont des projets plein la tête et rient à la vie. Tout ce bonheur est louche. Elle n'y a jamais eu droit. C'est la première fois. Mais de quoi s'inquiète-t-elle ? Vivre l'instant présent.

Ils sont tous arrivés sur la plage pour le premier bain des vacances. Elle est fière de les voir réunis. Elle ne les a pas vus devenir presque des hommes. Elle vient d'avoir trente-huit ans, eux n'ont pas encore vingt ans. Elle les regarde jouer dans les vagues. Corps élancés aux sourires éclatants.

De retour de la baignade, le plus jeune des fils s'étend sur le sable, il se plaint d'avoir mal dans la poitrine, très mal. Mal au cœur. Douleurs, nausées, vomissements, suées. Mal dans le cœur. Le bout de ses doigts et de ses lèvres est bleu. Des bleus au cœur. Le même bleu que celui du jour de sa naissance. La mère s'affole. Elle comprend. L'instinct. Elle se rend compte avant tout le monde. Elle hurle, elle crie. Le père ne bouge pas. Il ne dit pas un mot. Les maux sont dans son cœur. La mère appelle au secours. Soubresauts du frère sur le sable. Corps qui se soulève, bras qui s'agitent. La mère hurle au secours. Des enfants rient tout autour. Attroupement des voyeurs. La mère hurle sa peur. La chaleur. La sirène des pompiers, au loin. *Pin-pon, pin-pon.* Le sable brûlant. Les enfants continuent de rire. Le soleil de midi. Les secours arrivent. *Pin-pon, pin-pon.* Enfin ! Le soleil du mois d'août. Les enfants rient toujours. Le frère est transporté aux urgences. *Pin-pon, pin-pon.* Les embouteillages sur le bord de mer, l'ambulance qui n'avance pas. Il y a urgence pourtant. Les rires des enfants s'éloignent. *Pin-pon, pin-pon.* C'est l'été. C'est joyeux les vacances. Dernières vacances en famille.

La mère va voir son fils à l'hôpital tous les jours. Le père ne peut pas. Il ne veut pas. Les deux aînés non plus. Le fils se souvient d'avoir accompagné la mère pour qu'elle ne soit pas seule. La mère ne dit rien. Les yeux dans le vague. Perdue dans ses souvenirs bien vivants. Combinaisons, charlottes, masques et surchaussures en papier tissé blanc. Habillés pour un voyage sur une planète inconnue. Astre hostile. Soins intensifs. Premier sas. Entre la vie et la mort. Entre la mort et la vie. La mère a les yeux braqués sur le présent. Elle fixe son fils à travers la vitre. Le frère est étendu sur un lit. Seul. Tout seul. Chambre stérile. Aseptisée. Blanche. Sa peau est si pâle, presque transparente. Il est relié à des machines bruyantes. Trop sonores. Bruit de l'afflux du sang à travers les machines. *Pfffff, pfffff, pfffff.* Le corps du frère est comme une hydre. Les tuyaux sortent et rentrent dans son corps. *Pfffff, pfffff, pfffff.*

Coma carus. Bruit de la fausse respiration à travers la vraie machine. *Pfffff, pfffff, pfffff.* Le frère est immobile. Les yeux fermés. Coma profond. C'est dur. C'est violent. Même pas peur. Espoir. Elle touche la main de son fils. Il touche la main de son frère.

La mère parle à son fils. Les infirmières disent que ça ne sert à rien. *Pfffff, pfffff, pfffff.* Ses cheveux bouclés sont si beaux. Le malade ne peut pas entendre. Le fils se souvient comme si c'était ce matin. Il lui disait de ne pas les écouter. La mère ne dit rien. Perdue dans ses souvenirs douloureux. Stade trois. *Pfffff, pfffff, pfffff.* Entre la vie et la mort. Ses cils sont si longs. Elle parle à son fils. Il parle à son frère. Elle lui demande de se réveiller. Il lui demande d'arrêter de déconner. Entre la mort et la vie. Ce n'est pas un jeu. Ils ne veulent pas qu'il meure. Ses mains sont si longues. Il a toujours son petit doigt tordu. Toujours. Il doit vivre. Les paupières du frère s'ouvrent. Les deux frères se regardent. Les yeux dans les yeux. Il lui dit qu'il l'aime. Le frère referme les yeux. *Pfffff, pfffff pfffff.* La mère sourit. Elle lui dit qu'elle l'aime. Tous ces bruits. Tous ces faux battements de cœur à travers les machines. Elle embrasse son fils. Il embrasse son frère. *Pfffff, pfffff, pfffff.* Désespoir. La mère ne pleure pas. Elle ne peut plus pleurer. Il ne doit pas pleurer. Il ne peut pas pleurer devant la mère. Il doit être aussi fort que la mère. Plus fort qu'elle.

Deux semaines intenses. Soins intensifs. Entre la mort et la vie. C'est la fin de l'été. Il faut rentrer. C'est la rentrée. Tout le monde doit partir. Lundi, l'hélicoptère emportera le fils. Ils suivront en voiture. Entre la vie et la mort.

Samedi soir, les parents sont chez des amis. Le téléphone sonne. Personne ne veut répondre. Bande de lâches. Le fils n'a pas peur. Une voix au bout du fil lui annonce la mort de son frère. Il est mort. Le petit frère est mort. La mort est entrée dans leurs vies. Les autres rient encore. Pas pour longtemps. Il annonce la mort du petit frère à sa sœur et à son frère. Ils pleurent. Pas lui. Ils sont face à la réalité de la vie. Celle qu'ils ne voulaient pas voir en face. La mort. Personne ne veut annoncer la mort du fils aux parents. Il a commencé, il doit finir. Donner le coup de grâce. La mise à mort par téléphone. Bande de lâches. À mort. À la vie, à la mort. Il annonce aux parents la mort du fils. La mort du frère. Il est le porteur de la mauvaise nouvelle. Personne n'aime le messager. Il faut le tuer. Les parents reviennent. Parents vivants à l'extérieur, morts à l'intérieur. La mère est détruite. Cassée en mille morceaux. La mère se cache dans sa chambre. Seule, comme un animal. Elle ne peut pas aller près de ses enfants. La mère est morte vivante. Le père pleure. C'est la première fois que le fils voit son père en pleurs. Il regarde son père pleurer. Le père refuse de le regarder. Il refuse d'être le père de celui qui a annoncé la mort. C'est le messager qui aurait dû mourir, pas son jeune fils. Le père est mort vivant. Le frère est mort. Le fils est en vie.

Le fils a demandé à voir son frère mort. Le père et la mère ont refusé. Interdiction de voir la mort en face. Pas le droit. Pas besoin de voir le mort puisqu'il a annoncé la mort. « Je ne veux pas que vous pleuriez devant les autres. » Pas le droit. Interdiction de montrer ses larmes à l'enterrement. Une mort à sec. Pas une larme de versée. Une rivière de fleurs blanches. Une marée humaine en noir. Des torrents de larmes. Pas eux. Pas le droit. À part la mort de l'enfant, circulez, il n'y a rien à voir. Interdiction pour les étrangers d'aller au cimetière. La mère veut protéger son intimité avec son fils. Elle veut être seule avec lui. Une dernière fois. Les voyeurs ont le goût du sang. Ils n'épargnent pas la mère. Ils foncent au cimetière. Ils veulent voir. Ils veulent être vus. La mort est là. Ils veulent l'approcher, sans y toucher.

Ils veulent jouer avec la mort. Un spectacle rare. Ils veulent assister à la mise à mort. La mort de près. La voir, sans la toucher. Le frère était si jeune. Pas encore seize ans. C'est rare, un mort si jeune. Voir la mise en terre. Voir la mère à terre. Voir la mère pleurer. Regarder le père souffrir. Sentir la douleur. Assister au chagrin des frères et de la sœur. Vivre la mise à mort. La mort du fils. La mort du frère. Ils ne comprennent pas. Ils sont déçus. Pas une seule larme versée sur la terre.

Les mères pensent leurs enfants immortels. Les fils ne savent pas que leurs mères sont mortelles. Les mères ont le courage de couper le cordon ombilical qui les unit à leur fils.

Ils ont mis la mère au-dessus de son fils. Il n'a rien dit quand elle est arrivée. Elle n'a pas crié sa joie de le retrouver. La mère couve son fils. Elle le recouvre pour le protéger. Elle fait barrière pour l'empêcher de fuir. Qu'elle ne s'inquiète pas, plus rien ne peut lui arriver. Il est bien là, pour toujours. Cercueils empilés par ordre d'arrivée. Ce n'était pas ce qui était prévu. Le plus jeune aurait dû se retrouver en haut de la pile. Il est arrivé le premier. Après avoir vécu sa vie à toute vitesse. La mère est arrivée la dernière. Aucun perdant. Tous gagnants, *ad vitam aeternam.*

La mère est vivante à l'extérieur, morte à l'intérieur. Le fils essaie plusieurs fois de lui demander comment elle va. La mère détourne la tête. Elle regarde fixement le fils. Son regard le transperce et se dirige là où personne d'autre qu'elle ne peut aller. Dans ses pensées. Des pensées sans paroles. Des paroles intérieures. Paroles sans réponses. La mère est prostrée, anéantie, hébétée. Elle revit les seize années de la vie de son fils dans les moindres détails mais les images commencent déjà à s'estomper. Elle essaie de se remémorer, avec difficulté, le timbre de sa voix, déjà parti au loin. Ses rires ne sont plus que de pâles souvenirs. Elle cherche ses sifflements stridents qui lui semblent si faibles maintenant.

Elle est coupable de tout. Coupable d'être encore en vie. Elle lui en veut d'être mort si jeune. Elle est en colère. En colère contre elle-même. En colère contre tout. En colère contre le monde entier. Le cœur à vif, elle est incapable de s'apitoyer sur ses enfants qui viennent de perdre leur frère. Incapable d'entendre son mari lui dire que l'autopsie a révélé une malformation cardiaque non détectée

par deux fois les espoirs du père de voir le nom de famille passer à la postérité.

Bonheur d'être de nouveau mère, sans en avoir les responsabilités. Grand-mère à quarante ans. Sa fierté est éclatante. Petits-enfants rois à qui tout est permis. Petits-enfants pourris gâtés, très mal élevés. La mère devenue grand-mère fait office de nourrice, sans être rémunérée. Ils estiment comme un privilège qu'elle puisse les garder jours et nuits. Ils ne vont pas en plus la rétribuer ! De quoi se plaint-elle ? La mère ne regarde pas à la dépense pour faire plaisir à ses petits-enfants. La vie est rythmée suivant les vacances scolaires. Côte d'Azur l'été, station de ski huppée l'hiver. Tous ces cadeaux, par peur d'être abandonnée. Elle se donne et s'abandonne, de peur d'être seule, abandonnée de tous et sans amour. Elle paye tout, pensant recevoir un peu d'amour en retour.

Sa peur de l'abandon la paralyse, l'empêche d'avancer, de vivre et d'aimer. Sa peur de l'abandon lui vient de son enfance. Ces premières années qu'elle a enjolivées pour continuer à vivre. Ces abandons à répétition qu'elle a vécus sans pouvoir s'en souvenir. Une mère n'abandonne pas ses enfants, même dans ses rêves.

Elle ne peut pas se souvenir de sa mère, morte quand elle n'avait pas encore cinq ans. Petite femme menue, à qui elle ressemble étrangement.

Bonnetière de profession, elle réalise de la lingerie pour les notables de la région. Des doigts de fée et un cœur d'or. Son cœur n'est plus à prendre, elle s'est mariée avec cet homme qui l'a mise enceinte deux fois avant de lui passer l'alliance au doigt. *Bis repetita*. Un homme plus jeune qu'elle, qui lui fait neuf enfants en treize ans. Elle court après l'argent, la petite femme orgueilleuse qui ne veut pas admettre qu'elle est pauvre. Elle court après le temps, la petite femme méticuleuse qui se couche au milieu de la nuit après avoir raccommodé les vêtements de ses enfants. Elle court après le pain, pour que ses enfants ne manquent de rien. La vie est dure pendant la guerre mais jamais elle ne se plaint. Elle ne parle à personne, avec ses neuf enfants et son mari à la maison, elle n'a pas le temps. Pas de mots, pas de ragots. La maison près de la gare est toute petite pour les six filles et les trois garçons. Une maison modeste mais d'une propreté irréprochable, où trônent toujours quelques fleurs dans un vase. Des fleurs glanées ici et là.

Malheureuse. Son mari boit. Son homme est

alcoolique. Mécanicien, c'est un bon ouvrier respecté de ses employeurs. Il boit jusqu'à la violence. Il bat sa femme devant les enfants. Les enfants ont peur. Les enfants hurlent. Les enfants pleurent de voir leur mère face contre terre. La fille aînée va frapper chez les voisins pour s'y réfugier. Elle y va trop souvent, ils ne veulent plus ouvrir leur porte. Tout le monde le sait dans le quartier, cet homme boit et frappe sa femme. Personne ne dit rien. Loi du silence. Tous coupables. Le père la bat encore et encore. Entre deux litrons, il la traite de bonne à rien. Jamais elle ne dit mot. Elle est maigre, si maigre. Elle est fatiguée, si essoufflée. Et puis cette toux qui ne s'en va pas alors que l'hiver est terminé depuis longtemps. Elle tousse de plus en plus. Elle a mal dans la poitrine. Certainement les coups de son mari. Elle cache ses mouchoirs pleins de crachats épais, filetés de sang. C'est la tuberculose. Il faut l'éloigner car elle est contagieuse. Elle est tuberculeuse. Les enfants sont placés aux quatre coins de la région. Les deux garçons vont chez leur grand-mère maternelle. Les filles, disséminées un peu partout chez les bonnes sœurs.

Il est trop tard pour le dernier né. Sa mère lui a transmis sa maladie. Petite tête blonde qui va mourir avant d'avoir deux ans. *Bis repetita.* La maladie empire après la mort de son jeune fils. Des fièvres que le médecin a du mal à faire baisser. Placée à l'isolement dans une autre maison. Seule. Toute seule, avec l'interdiction de voir ses enfants. Elle est alitée. Si maigre. Si faible. Sa fille aînée va la voir tous les jeudis, avec interdiction de l'approcher pour l'embrasser. Trop contagieuse, la tuberculeuse. Ses quintes de toux sont douloureuses. Elle presse sa poitrine et sa gorge, pour en faire sortir ses vilaines glaires tachées de sang. Une vieille bossue vient lui apporter des bols de soupe qu'elle a toutes les peines à avaler. Elle tousse pendant des heures pour extirper le mal qui la ravage. La vieille chouette lui crie qu'elle devrait partir dans un sanatorium pour se soigner. Mais elle refuse, la bouche en sang, elle ne veut pas être séparée de ses enfants. Elle dit non de la tête, c'est impossible, c'est la guerre et elle n'a pas d'argent. La vieille râle devant les draps trempés de sueur pendant la nuit. La vieille ramasse les mouchoirs ensanglantés. Elle meurt d'une hémorragie en fin de journée. Début janvier de l'hiver le plus glacial qu'ait connu la France. La vieille sorcière la soulève une dernière fois pour la coucher dans son cercueil. Petite femme si douce, à la vie si douloureuse.

La dernière fois qu'elle a vu sa mère, elle venait d'avoir deux ans. « Je me souviens de sa douceur. Je ne me souviens pas d'elle. Mais de sa douceur, oui, ça, je m'en souviens. » Aucune tristesse dans ses mots. Aucun regret dans sa voix. Juste des souvenirs privés d'amour.

Quand le fils lui demande pourquoi, après la mort de sa mère, son père n'est pas revenu les chercher, son silence lui paraît suspect. Il devait être dévasté par le chagrin. Complètement désemparé de devoir s'occuper de ses huit enfants. La guerre, le manque d'argent… Elle n'a rien répondu. Son visage s'est subitement fermé, son regard est devenu dur, elle a quitté la pièce d'un pas pressé.

Non, il n'est pas revenu chercher ses huit enfants, le nouveau veuf. Leur père ne les a pas réconfortés d'avoir perdu leur mère. Leur père ne les a pas protégés. Encore moins choyés ni aimés. Leur père les a tout simplement abandonnés. Sans larme et sans remords. Il les a abandonnés, sans se retourner.

Le veuf inconsolable, le père aimant, avait refait sa vie, un peu plus d'un an avant la mort de sa femme, la mère de ses enfants. Il était allé vivre avec sa maîtresse pendant que sa femme crachait ses poumons pleins de sang. Il la baisait pendant que sa femme luttait contre la mort. Il lui mentait, quand elle lui demandait s'il s'occupait bien des enfants. Il buvait à sa santé, en se moquant de sa mort prochaine. Pas de temps à perdre. Un an après le décès de sa femme, il se remarie. Remarié sans perdre de temps, pour profiter pleinement des quatre enfants de sa nouvelle épouse.

« Il venait de temps en temps quémander de l'argent à ton père. J'ai toujours refusé qu'il lui en donne. » Pas une seule fois il n'a demandé à voir sa fille. Elle l'a pourtant cherché, son père. Elle emmenait ses enfants en voiture dans le quartier où il habitait. Combien de fois elle est passée devant cette maison ordinaire, ralentissant sous les fenêtres aux rideaux immobiles. Combien de fois elle a espéré lui présenter ses petits-enfants. Combien de fois elle a souhaité leur faire rencontrer leur grand-père.

Elle a revu son père, trente ans plus tard, sur son lit de mort. « Ton grand-père, je ne l'ai pas reconnu dans son cercueil, il était tout gonflé. » Un mort gonflé à l'hélium qu'il faut retenir par des ficelles pour qu'il ne s'échappe pas encore une fois. Les orphelins obligés de s'asseoir sur le couvercle pour refermer la boîte. « Il était si laid. Il avait du diabète. » Le fils ne lui a jamais demandé comment elle le savait.

Les enfants sont séparés les uns des autres, obligés de travailler pour survivre. À douze ans, il est grand temps de quitter l'école pour gagner de quoi manger. Pas le temps de s'apitoyer. Ils ont du courage et de la volonté. Emplois peu glorieux. Ce sont des employés honnêtes et très dévoués. Pas le temps de se voir ni de s'écrire. Le seul jour de liberté par semaine est consacré à donner un sens à leur vie. Treize ans après la mort de leur mère, l'aîné des garçons se marie. Jeune homme tout maigre, avec un large sourire aux lèvres. Sourire commun à toute la famille. Sourire par défi. Ils aiment par-dessus tout la vie. Le futur marié recherche et réunit pour la première fois ses frères et sœurs pour partager son bonheur. C'est joyeux un mariage.

Leur petite sœur arrive, toute seule, ses dix-sept ans en bandoulière. Elle est heureuse de leur annoncer qu'ils vont devenir oncles et tantes d'ici six mois. Elle a ménagé son effet avec son tailleur à la veste évasée qui cache son petit ventre rond. Ce jour-là, elle porte un ravissant chapeau cloche assorti qui lui donne un air encore plus doux. Sa sœur aînée sort de son sac à main une photo de leur mère, en noir et blanc, tout écornée. Elle porte le même chapeau que sa fille. Elles partagent la même douceur et le même sourire.

Au moins deux fois par an, tous les frères et sœurs et leurs enfants se réunissent. Toujours chez elle car son mari a acheté une grande maison. Ils l'admirent et le respectent autant qu'ils le craignent. Il fait partie de la bourgeoisie, il a de l'argent et de l'éducation qu'ils n'ont pas. Ils sont bien plus riches que lui, eux ont du savoir-cœur qu'il n'a pas. Il leur conseille de s'endetter pour acheter des maisons ou des appartements. Ils ont de petits salaires, ils sont affolés, mais ils lui font confiance. Après tout, c'est son métier et ce sont les Trente Glorieuses. Tout le monde s'embrasse, tout le monde est joyeux. Ils ont l'air de s'amuser. Les repas sont interminables, avec des plats apportés des diverses régions de France, selon les métiers exercés par les frères et sœurs de la mère. Ils ont bon appétit et boivent beaucoup. Ça se termine toujours par des chansons reprises en chœur et en canon. « *Le coq est mort, le coq est mort, Il ne dira plus co-co-di, co-co-da, Il ne dira plus co-co-di, co-co-da, Coco cocodi cocodi, coda.* » Rares occasions de se raconter leurs vies. Choses chuchotées, mystères éventés, secrets bien gardés. Elle se livre à ses deux sœurs aînées qui sont des tombes, les trois autres ne sont que sacs à ragots. « Elles mentent autant qu'elles font des histoires, je n'ai aucune confiance en elles. » Elle a raison, deux d'entre elles se laisseront séduire par son mari. Il y a des pleurs mais aussi des rires. Elle fait la guerre aux hommes pour que ses enfants n'entendent pas leurs blagues salaces. Petite sœur que les grands envient. Un peu de convoitise devant toutes ces antiquités et ces propriétés. Un peu de jalousie pour cet argent qui n'a aucune valeur. Petite dernière arrivée la première. Petite sœur qui se méfie de la fratrie qu'elle ne connaît pas. Elle rit très fort pour cacher la vérité. L'argent n'achète pas le bonheur.

Petite sœur qui enterre la plus grande, la confidente. Petite sœur qu'on oblige de regarder le cadavre de la troisième. Forme inhumaine, qu'un cancer a rendue insoutenable à voir. « Ce n'était plus un corps, on aurait dit qu'elle avait été brûlée, elle était toute boursouflée, toute noire, je ne l'ai pas reconnue. » Carbonisée avant l'enfer pour avoir fauté avec son beau-frère. Petite sœur en larmes devant la dépouille de son frère, le joyeux qui avait toujours une histoire drôle à raconter. Mort de chagrin d'avoir perdu sa bien-aimée quelques années auparavant. Elle en a vu des morts. Une collection de cadavres avec des dates d'arrivée et de sortie. Morts estampillés, tous numérotés. Elle compte la longueur de leurs vies, se dit qu'elle a fait mieux qu'eux, qu'elle a encore quelques années avant d'être un non-être.

C'est le fils qui a l'idée de réunir les trois générations. Famille et amis de tous les âges et de toutes les couleurs. Promesse de joie et de bonheur. Fêter les soixante ans de la mère, les quarante ans du fils aîné et les vingt ans du petit-fils. Trois fois vingt. Elle sera la reine de la fête. Ses amis rassemblés, les vrais, les faux et ceux de toujours. Les amies qui écoutent avec patience et bienveillance. Les amis qui la rabaissent. Ceux qui lui disent qu'elle est primaire et qu'elle ne peut pas comprendre. Les intéressés par sa trop grande générosité. Sa famille réunie, celle qu'elle a fondée, celle qui continuera après sa mort. Une famille qui ne peut exister sans mère. Une famille, refuge de calme et de sécurité et, en même temps, lieu de la plus extrême violence. « Tu crois qu'il va venir ? Il est tellement spécial. » Le fils la rassure, incrédule, face à ses angoisses. Il ne croit pas que son frère refuse son invitation à fêter leurs trois anniversaires. « Tu te souviens de ce qu'il m'a fait pour son mariage ? » Oui, le fils n'a jamais oublié son air livide, ses larmes de désespoir, ce matin-là, après l'appel de la mère pour souhaiter un joyeux Noël au fils aîné. Petite mère tétanisée par la nouvelle qu'il vient de lui annoncer. Mère inconsolable d'avoir été rejetée, par l'os de ses os. Mère humiliée par son fils qui vient de lui révéler qu'il se marie le lendemain matin. Sans elle. Surtout pas elle. Elle le supplie d'attendre sa venue. Il se moque d'elle, redouble de méchanceté devant sa stupeur, la traîne à terre dans son chagrin. Il éclate de rire devant sa promesse de cadeaux et l'achève en raccrochant avant qu'elle ne puisse lui envoyer un baiser.

Sentiment irrationnel de culpabilité. La mère a l'impression d'être l'unique responsable du mal-être du fils aîné. Persécuteur et persécutée sont identiques. Il s'abuse en croyant qu'elle ne comprend pas qu'il souffre. Elle s'abuse en croyant qu'il ne l'aime pas. La relation entre la mère et le fils aîné est douloureuse, depuis toujours. Un fils qui ne dit mot, une mère qui en dit trop. La mère n'est finalement pas surprise. Sa décision est prise, le fils aîné ne viendra pas fêter son anniversaire avec elle. Elle garde toujours espoir, aussitôt englouti par la déception. Tout le monde s'aplatit devant le fils indigne, on lui propose limousine et chauffeur pour le faire changer d'avis. Le mépris comme seule réponse.

La fête est gâchée. Le fils aîné a gagné, il brille par son absence. Personne n'en parle mais il est bien présent. Tout le monde fait semblant. Les rires de la mère sonnent faux. Sa légèreté artificielle est de mise. Sa joie simulée ne dupe qu'elle-même. Forcée de s'amuser alors qu'elle a envie de se terrer pour pleurer. Toujours ses sourires en rempart contre les attaques de la vie. Mais ses yeux la trahissent, son regard est voilé d'une grande tristesse. Son regard ne peut mentir, le désir a disparu du fond de ses yeux.

L'usure des jours. L'habitude et la lassitude de vivre depuis si longtemps à côté de lui. Ce mari qui ne l'a pas choisie. Cette femme qui lui a été imposée. Elle l'a aimé, puis plus du tout. Elle l'a détesté, puis haï. Le dégoût est arrivé, puis l'indifférence. Une indifférence sans méchanceté, elle en est bien incapable. Sentiment d'échec d'avoir raté sa vie en étant restée à côté de lui. Pourtant, elle a encore de l'attachement pour cet homme-là. Elle continue d'admirer cet homme qui n'en est pas un. « Ton père est doué en affaires. Il en a conseillé des gens, tu sais. » Oui, le fils n'a pas oublié que le père s'est fait gruger par un antiquaire véreux, payant des sommes folles de vulgaires copies vendues pour d'authentiques meubles XVIIIe. Oui, le fils a toujours deux contrôles fiscaux en travers de la gorge pour avoir suivi les conseils foireux du père. Oui, le fils se souvient, comme si c'était hier, d'un ami du père, ruiné pour avoir écouté ses conseils financiers. La mère est aveuglée par la mauvaise foi de son mari malhonnête. Après toutes ces années, elle continue de l'aimer. Ils se parlent peu, se connaissant trop bien. Plus besoin de mots. Économie de gestes. Elle anticipe ses besoins pour que sa vie ne soit pas un enfer. Toujours à courir avant qu'il n'exige d'être servi. Le regard aux aguets. Elle le surveille pour devancer le moindre de ses désirs. Femme servile que son mari a transformée en une esclave docile, trop rarement rebelle. Elle veut avoir la paix et fait le choix de s'effacer. Ne rien dire. Le moins possible. La peur de le perdre ne s'est pas émoussée avec les années. Elle est toujours jalouse. Elle défend sa place, qu'elle a payée si cher. Le père ne la rassure pas, bien au contraire. Homme cruel qui se moque de ses preuves d'amour intempestives. Lui aussi, il l'aime, à sa façon. De l'affection. Un geste tendre parfois. Une certaine forme d'amour qui leur appartient, la peur d'être abandonné qui les soude à la vie, à la mort. Ils se disputent tous les jours. C'est à celui qui trouvera la bonne idée pour énerver l'autre. « Il va me rendre folle. » N'est pas folle celle qu'on accuse. « Ta sœur m'a dit que j'étais folle. » N'est pas folle celle que l'on croit.

Depuis des années, le père et la fille la prennent pour une folle. Efforts continus pour tenter de dissimuler leur propre folie qui se révèle. Le fils aîné, le mort-vivant, n'est pas le dernier à l'attaquer. Il est sournois, ses flèches l'atteignent quand elle ne s'y attend pas. « Tu sais, il n'est pas gentil. Si je te disais ce qu'il m'a encore fait. » Prise au piège de cette famille qui la traite de démente dès que l'occasion se présente. Elle est fautive d'être différente, condamnable de ne pas se taire, coupable d'être encore en vie. Ils sont convaincus d'avoir raison. Ils sont persuadés qu'elle a tous les torts. Elle essaie de lutter, comme elle l'a toujours fait, mais la partie est perdue d'avance face à la meute déchaînée. À leurs yeux, elle est l'unique dépositaire de leur propre folie. Les attaques sont répétées, de plus en plus rapprochées. La vérité qu'elle crie leur est insupportable. Non, ils ne sont pas des aristocrates, comme ils le prétendent, mais de simples commerçants, ni plus ni moins. Efforts continus pour la rendre folle et s'en débarrasser. « Ton père m'a encore traitée de folle. » Elle a perdu la tête de dire que son beau-père n'est pas un notable au-dessus de tout soupçon, mais bel et bien un abuseur. Quelle folle de dire qu'il est mort au café, devant tout le monde, d'avoir toute sa vie trop bu. Bonne à enfermer pour avoir osé attaquer sa belle-mère qu'elle traite de perverse, sainte machiavélique qui passe sa vie à l'église et que tout le monde respecte aveuglément. Preuve qu'elle a perdu la raison, elle dénonce son beau-frère qui trompe régulièrement sa femme dès qu'elle a le dos tourné. Lui, qui se pavane avec sa décoration de l'ordre national du Mérite. Folle à lier d'avoir des soupçons sur l'honnêteté de sa propre fille qui a accaparé la gestion du patrimoine familial, sans que personne ne lui ait rien demandé. Folle d'accuser son fils aîné de faire du chantage auprès du père, pour qu'il lui donne de l'argent pour renflouer ses affaires. De plus en plus folle de dire que ses petits-enfants sont inintéressants. « Tu sais, ils ne seront jamais des êtres libres. Ils n'arriveront jamais à se libérer de l'emprise toxique de leurs parents. » Tout le monde la prend pour une folle mais elle est seulement lucide. Elle n'a plus l'âge des illusions. Incapable de se mentir, elle ne peut pas s'empêcher de dire la vérité aux autres pour essayer de les sauver.

Une seule fois, de toute sa vie, la mère a eu un coup de folie. La seule fois.

Il fait très chaud cet après-midi d'été. Les enfants sont insupportables. Elle les a envoyés faire une sieste en espérant qu'ils se calment. Peine perdue, les trois garçons n'arrêtent pas de se chamailler. Elle les entend au-dessus de sa tête. Éclats de rire et corps à corps. Les cris claquent depuis leur chambre. C'en est trop, toute cette agitation empêche le reste de la famille de se reposer. Elle grimpe à toute volée l'escalier de bois et surgit dans la pièce comme une furie. Les trois enfants tétanisés mettent fin à leurs jeux de petits mâles dans un silence général. Elle les sépare, sans aucune hésitation. La chambre jaune pour l'aîné, la bleue pour le plus petit. Elle ordonne au cadet de filer dans la chambre au bout du couloir. « Gabriel, file dans ma chambre. » Le fils s'exécute et entre dans la chambre de ses parents. La fenêtre est grande ouverte. Les volets entrebâillés laissent passer un rectangle de soleil blanc sur les lattes du parquet. Seule flaque de lumière dans la pièce plongée dans l'obscurité. En tee-shirt et slip de coton blanc, l'enfant se glisse sous les draps. Le calme est revenu, zébré par le bourdonnement de grosses mouches invisibles. L'enfant se tourne et se retourne et finit par s'endormir.

La mère s'est coulée sous les draps sans faire de bruit. Elle ne veut pas réveiller son fils qui dort paisiblement. Elle contemple son visage d'ange. Ses cheveux bouclés, ses longs cils épais, sa bouche aux lèvres charnues bien dessinées. Cette bouche qu'elle aime tant embrasser. Elle s'amuse de ses oreilles aux lobes attachés. Elle admire la peau hâlée de son fils, parsemée de tant de grains de beauté. Elle aspire cette peau d'enfant qui sent si bon. Sa respiration est régulière. Elles sont si belles ses épaules bien rondes. Ils sont si jolis ses bras fins et ses longues mains. Il fait si chaud. Elle retire son polo et sa culotte et les lance sur le fauteuil. Elle se colle tout doucement le long de son fils. Tout près, encore plus près. Son corps épouse celui de son garçon. Pas un bruit, juste le glissement du slip de son fils jusqu'à ses genoux. Elle prend la main de son fils et la dirige vers son entrejambe. Elle sent les petits doigts caresser ses poils soyeux. Elle dirige les doigts à l'intérieur de son sexe. Elle guide les doigts de son fils au plus profond d'elle-même. Là où c'est plus chaud, plus humide. Elle respire plus fort. Son souffle se fait plus court, plus bruyant. Elle insiste, elle force les doigts de l'enfant à aller plus loin encore. Le fils se réveille brutalement. Les yeux de la mère sont à quelques centimètres de ses lèvres. Il sent son souffle dans son cou. Elle lui sourit. Il la regarde. La mère est entièrement nue à côté de lui. Il saute du lit. Son slip est à moitié baissé, il tombe, entravé, se relève et tourne la tête en direction de sa mère. Elle rabat le drap sur elle et lui lance en riant, d'un air moqueur : « Tu es comme ton père, toi. Tu n'es pas un homme. »

Non, il n'est pas un homme, il vient d'avoir six ans.

Violence extrême. Mère violeuse. Petite fille abusée, petite fille abandonnée. Mère qui abuse. Appel à l'aide désespéré, après avoir compris qu'elle ne vivait pas un conte de fées. Pulsion criminelle, après s'être rendu compte qu'elle n'était pas mariée au prince charmant. Femme trompée. La mère se trompe et se retourne contre le fils. Coup de folie. Amour désespéré. Femme sous dépendance de l'amour et de la haine, envers l'autre, envers elle-même.

La mère ne se souvient de rien. Son amnésie émotionnelle est monstrueuse. Pas de violence contre la mère, le fils la retournera contre lui-même. C'est leur secret. La mère et le fils ne le partageront jamais. Le fils n'a jamais oublié. Le fils a pardonné. La mère et le fils ont en commun l'extraordinaire volonté de l'à-venir.

Elle est un poids, un fardeau pour ses deux premiers enfants qui cherchent un projet commun à partager. Enfants martyrs qui rêvent d'être reconnus par leurs parents. Enfants malheureux qui veulent se faire plaindre par la société. Il n'y a qu'une seule coupable à leur mal-être. La mère est la victime toute désignée. Enfants machiavéliques qui vont tout faire pour l'éliminer.

La meute est lancée. Le père est maîtrisé. La mère est traquée. Le père est écarté. La mère est affolée. Tous les coups sont permis, même les plus impardonnables. La mère est une petite fille effrayée. Ses enfants lui font peur, ils la traitent de folle. La mère crie ses peurs. Ils la rendent folle. La mère hurle ses angoisses. Ils vont la rendre folle. La mère pleure sa vie. Elle va devenir folle. Ils n'ont aucune limite pour arriver à leurs fins. «Je ne perds pas la tête, je ne suis pas folle.» Ignominie des enfants sans cœur et sans espoir. Ses enfants et petits-enfants lui tendent un piège sans avoir le courage d'en assumer la responsabilité. Leur lâcheté est sans limites. «Si ça continue, je vais me trancher la gorge. *Chhhhh.*» La mère est à terre. «Je vais me trancher la gorge. *Chhhhh.*» Les deux aînés séparent les parents, eux qui ne peuvent vivre l'un sans l'autre. Ils divisent le couple qui vient d'être diagnostiqué atteint d'Alzheimer. Indivisible jusque dans la maladie. Le père est envoyé, contre sa volonté, finir sa vie dans un EHPAD. La mère est internée en hôpital psychiatrique, pour passer en silence de la raison à la démence. Internée à l'abri des regards indiscrets. Le fils à qui on a tout caché, découvre, impuissant, le résultat de leur vengeance. Haine des deux aînés contre le frère et la mère qui aiment tant la vie. Vengeance contre les parents malfaiteurs. Vengeance des enfants nés hors mariage, dans l'ombre de leurs jeunes frères. Ressentiment contre celui qui est encore en vie, symbole d'une famille dont ils se sentent exclus. Rancune contre ce frère qui est dans la lumière.

À l'hôpital psychiatrique, la mère est prostrée dans un coin d'une chambre, face à l'entrée. Elle s'agrippe au tuyau de chauffage, seule présence de vie réconfortante dans cet espace meublé d'un lit et d'une chaise en fer. Une pièce sans porte où le danger rôde partout. Une cellule ouverte sur un couloir hostile. « Mais qu'est-ce que je fais là ? Tu as vu tous ces gens bizarres ? On dirait des fous. » Un vaste passage où déambulent des hommes et des femmes de tous les âges. Des gens ordinaires comme on en croise dans les rues. Ils ne parlent pas, ne regardent pas, n'entendent pas. Ils passent très lentement, les bras ballants, les pieds traînants. Automates aux regards sans vie. Ballet contemporain silencieux, sans décor, avec des camisoles chimiques pour tout costume. « Ton père doit se faire du souci. Il doit se demander pourquoi je ne suis pas à côté de lui. »

Pas de Napoléon qui court après sa girafe ni de femme qui valse du soir au matin en s'agrippant à un partenaire invisible. Aucun homme qui sourit en baissant son pantalon pour la énième fois de la journée, mais la banalité de gens plongés dans un monde différent. Tant de détresses réunies. Tant de libertés privées. Asile sans espoir où le choc d'avoir été emprisonnée va faire basculer la mère de l'autre côté. Adieu la mère, bonjour Alzheimer.

Le temps des retrouvailles dure celui des giboulées de printemps. Le père et la mère passent la majeure partie de leurs journées à attendre en se tenant la main. Attendre devant la porte de l'ascenseur. Les vieux inséparables se tiennent par la main et attendent. Les mains nouées, ils se plantent devant, attendent que la porte s'ouvre et s'y engouffrent quand celui-ci est vide. Ils descendent à l'accueil de l'EHPAD, les mains toujours jointes. Ils essaient de s'enfuir au dehors. Ils sont régulièrement ramenés par le personnel qui les remonte à l'étage. Puis, ils recommencent à attendre, dans l'espoir de rentrer chez eux sans être repérés. Plusieurs fois, ils réussissent. Ils sont rattrapés dans le tram et raccompagnés manu militari dans leurs chambres par les kapos de l'établissement. Le père et la mère n'ont jamais imaginé finir leur vie ailleurs que chez eux. Mourir au milieu de leurs souvenirs était pour eux une évidence. Ils n'ont plus aucun droit, juste le devoir de crever sans cris, sans drames. Le plus vite sera le mieux, l'héritage est convoité. Leur démarche altière, leur élégance portée en manifeste et leur joie de vivre érigée en politesse ont disparu dès leur arrivée. Deux petits vieux aux silhouettes ratatinées, aux dos courbés, aux genoux fléchis et aux pas incertains. Deux petits vieux aux regards vitreux, aux sourires évanouis, qui se tiennent par la main pour ne pas avoir peur.

Le père meurt un matin de mai. Vengeance ultime trempée dans l'écume des mensonges, la fille interdit à la mère d'assister à l'enterrement de son mari. Pauvre folle qui a perdu la tête, ce n'est même pas la peine de lui dire. La mère ne s'apercevra de rien. « Sais-tu où est ton père ? Je le cherche partout, je ne le trouve pas. » Le fils revoit son air perdu quand il lui a annoncé que le père était mort. Femme égarée dans ses pensées et dans ses mots. La mère l'a regardé, ne voulant pas le croire. Pas de larmes pour une mort qui n'en porte que le nom. Une mort abstraite, sans corps et sans chagrin.

Un an après l'enterrement, le fils accompagne la mère, entourée de quelques amis, sur la tombe de son mari. Femme vacillante dont chaque pas ressemble aux premiers de sa vie. En voyant les deux dates gravées sous le prénom et le nom de son mari, elle comprend immédiatement. « Mais il est mort ? Papa est mort ? Paul est mort ? Il est mort. Mais pourquoi je n'étais pas à son enterrement ? J'ai honte. » Elle serre le bras du fils encore plus fort et verse les larmes que ses enfants lui ont volées. Femme perdue dans sa solitude. Plantée devant le caveau. Communion sans paroles. Entre elle et lui. Soudain, elle entraîne le fils de l'autre côté de la dalle de granit. Elle se baisse et caresse le nom de son jeune fils, coincé entre ceux de ses beaux-parents. Elle passe sa main une dernière fois sur les lettres dorées et se relève, les yeux pleins des larmes qu'elle s'était défendu de verser quarante ans auparavant.

Femme en mal d'amour, agrippée au bras du fils aimant qu'elle ne veut plus lâcher. Femme éplorée qui paraît apaisée malgré le chagrin. Du statut de rien, elle passe à celui de veuve. Son travail de deuil peut commencer. Plus jamais elle ne parlera de son mari. Plus une seule fois. Elle ne prononcera plus jamais le nom du père. Il est mort, elle est en vie.

Retour à la case départ. Elle a commencé sa vie dans un hôpital, elle la terminera dans un EHPAD. Funeste acronyme de cinq lettres qui signe sa mort certaine. Lieu au rendement insolent, en déficit d'humanité. Endroit sinistre aux prix délirants. Machine à tuer en toute impunité. EHPAD masculin qui a écrasé la féminine maison de retraite. Interdit de s'éloigner de la vie active afin de se reposer. Interdit de réfléchir, de se réfugier, pour se préparer à passer de vie à trépas. Labyrinthe de couloirs tous identiques, aux portes suffisamment larges pour permettre le passage simultané du cercueil du partant et du lit à roulettes du nouvel arrivant. Turn-over impitoyable du business des séniors argentés. La mère dépérit dans une chambre minuscule, complètement désincarnée, sans la moindre intimité. Elle est priée de ne pas se plaindre, de ne pas bouger, de continuer à sourire sans rien demander. Le seul droit de la mère est d'attendre la mort sans faire de bruit.

Petite vieille qui a rapetissé en arrivant là-bas. Petite vieille qui semble si fragile, comme au début de sa triste vie. Petite mère prostrée qui continue à sourire de temps en temps. Petite mère qui parle de moins en moins. Petite mère qui a comme seul compagnon le faux ami Alzheimer, le plus grand voleur de souvenirs.

La fille aînée s'est occupée de tout. *Mater dolorosa* artificielle qui a recouvert les murs de l'antichambre de la mort des photos de sa famille et de celle de son frère. Portraits encadrés de leurs prénoms et de leurs dates de naissance. Ils ne savent pas que la véritable identité n'est pas celle qui est inscrite mais celle qui est vécue. Le père est le grand gagnant de la galerie des épinglés, le cher disparu a une date de plus que les autres, celle de sa mort. Pas une seule image des deux derniers enfants. Le mort et le vivant. L'ignorante ne sait pas que les malades d'Alzheimer effacent de leur mémoire les êtres qui leur ont fait du mal. «Je ne sais pas qui a accroché tous ces gens que je ne connais pas.»

Le fils est face à une mère, pas celle qui l'a mis au monde mais une inconnue à l'apparence de celle qu'il appelait maman. La nouvelle mère regarde cet homme qui prétend être son fils. Elle le scrute, comme pour rechercher un trait qui lui est connu. Elle écoute sa voix qu'elle identifie encore. Le fils avait une mère, maintenant il a une alzheimère. Bon voyage avec l'anosognosie, l'apraxie, l'aphasie et l'agnosie. La cognition ne sera bientôt qu'un très lointain souvenir. État d'urgence avant que la lumière ne s'éteigne. À chacune de ses visites, le fils pose encore des questions, en quête de réponses, pendant que c'est encore possible. Questions indiscrètes qui déverrouillent certains secrets. Ses inhibitions se sont envolées. La mère lui répond avec la candeur des enfants. Elle lui crache à la gueule ses infidélités, égrène les noms de ses amants, des dates et des lieux, en toute transparence. Elle se soulage de ses désillusions, s'allège des méchancetés de son mari. Elle raconte avant qu'il ne soit trop tard. « On était en train de faire l'amour, il était sur moi, puis il n'a plus bougé. J'ai eu peur d'être étouffée, je l'ai repoussé. Il était tout blanc. Il ne bougeait plus. J'ai eu peur. » Les pompiers sont arrivés. Il faisait une crise cardiaque, la première. « Après, il ne m'a plus jamais touchée. »

Le fils l'interroge sur ses parents. Il insiste. La mère le regarde et elle sourit. Les souvenirs douloureux ne se partagent pas, ils vont rejoindre les secrets de famille.

Les occupations sont rares. La mère refuse de participer aux activités débilitantes du groupe. Coloriages et découpages maladroits, chansons et déguisements ridicules pour danser la queue leu leu des vieux. Jamais de la vie. Elle a encore une pointe d'orgueil qui la protège de tomber aussi bas. «J'ai peur. Tu as vu tous ces gens, ils me font peur.» Elle ne prend aucun plaisir à avaler ses repas. Formes géométriques avec la même consistance, ronds, carrés, rectangles de couleurs différentes, complètement insipides. Le médecin qui passe de temps en temps dans l'établissement a décrété qu'il y avait un risque de fausses routes. Ça lui évite surtout de s'occuper de l'hygiène buccale de ses patients. En faire le moins possible est sa devise. À quoi bon, puisqu'ils vont tous mourir ! Alimentation suspecte qui permet au directeur de faire passer des aliments inavouables dans les assiettes pour trois fois rien.

Le fils lui apporte du champagne bien frais et des framboises en plein hiver. Ses yeux pétillent, elle se trémousse, impatiente, gourmande. La mère lui lance un sourire complice en le regardant. Vieille petite fille heureuse d'être gâtée avec si peu.

La mère refuse d'être lavée par cet homme qu'elle n'a jamais vu. Elle se réfugie dans un coin de la salle de bains. L'homme n'a pas de temps à perdre et la brutalise. Elle pleure et cache son sexe au regard inquisiteur. Les aides-soignantes mentent en lui disant que son cher fils est d'accord pour que l'homme s'occupe d'elle. Alors elle retire sa main et offre son corps nu à ces grosses mains indiscrètes. Ces grosses mains velues qui s'insinuent entre ses cuisses et ses seins. Elle ne veut pas enfiler cette blouse à pois qu'elle n'aime pas. La petite nouvelle ment en affirmant que son cher fils la trouve jolie habillée comme ça. Mais elle s'exécute avec un sourire.

La mère agrippe le bras du fils pour fuir cette chambre hostile. « Viens, on s'en va, ici j'ai peur. » Elle l'entraîne dans des voyages sans fin. Elle part en randonnées avec son fils comme bâton de vieillesse. Couloirs aseptisés arpentés à petits pas. Allers-retours interminables sans paroles. Arrêt brutal devant une baie vitrée, vue sur un *no man's land* industriel. Elle ne commente pas la laideur. Retour en arrière. Elle fait face à une autre vieille qui arrive à sa rencontre. « Je ne l'aime pas celle-là, c'est une salope. » Elle suspend sa marche folle devant la porte vitrée du jardin. Rectangle bétonné, sans arbre, sans banc. Des bacs surélevés où survivent une ou deux plantes laissées à l'abandon. Elle dodeline de la tête pour montrer son désaccord devant la nature emprisonnée. Elle reprend sa course dont elle seule connaît la destination. Déambulation hasardeuse au milieu du couloir. Elle retourne sur ses pas et se plante devant l'entrée de la salle commune. Les images muettes d'une grande télévision défilent devant des mourants déposés là pour alléger le travail des aides-soignantes désabusées. Elle scrute cette moderne cour des Miracles où toute dignité humaine a disparu. Un homme endormi. De la morve verdâtre coule de son nez et entre dans sa bouche édentée. Une vieille femme échevelée, les jambes écartées, le sexe à la vue de tous, baigne dans ses excréments. Sa voisine toute grise dort ratatinée sur elle-même dans une telle position qu'on se demande comment elle peut encore respirer. Un homme accablé vomit des mots incompréhensibles, tandis qu'une autre vieille, le corsage ouvert sur des seins flétris et vides, sourit au fils avec tendresse. La mère reprend sa marche désespérée. « C'est mon fils. Il est beau mon fils. » La femme qui fait le ménage acquiesce d'un signe de tête, trop occupée pour s'arrêter. Un vieux sans âge passe à toute vitesse dans son fauteuil roulant en tricotant avec ses jambes comme un scarabée dans le désert. La mère ne le regarde pas. Elle se dirige en direction de sa chambre, fixant la porte au loin. Petits pas incertains mais encore volontaires. Rien ne peut la faire changer d'avis.

Le fils lui donne des nouvelles de ses amies. Il lui dit que tout le monde pense à elle. Il égrène une longue litanie de prénoms d'amis, de membres de la famille et de connaissances. Elle écoute sagement, sans rien dire. Un sourire passe sur ses lèvres. « C'est vrai que tout le monde m'aime. » En vérité, ils ne sont plus qu'une poignée à s'inquiéter de sa santé. Ils sont rares ceux qui lui rendent visite. Trop difficile de la voir dans cet état. Sa propre famille n'a jamais demandé l'adresse du mouroir. Elle a tellement vieilli, ça fait mal au cœur. Peur de ne pas la reconnaître. Ses petits-enfants ont leur vie à faire. Cette odeur de vieux est insupportable. Ses amis sont occupés à s'enterrer les uns les autres. Ils n'ont plus le temps. De toute façon, elle ne se souvient de rien. Sa belle-famille ne l'a jamais aimée. Pourquoi changerait-elle maintenant, alors que la mère est à la fin de sa vie ? Aucun problème de conscience puisqu'elle ne reconnaît plus personne. Son fils aîné n'a jamais su quoi lui dire. Sa fille ne l'a jamais écoutée. De toute façon elle a perdu la tête. Elle est complètement folle. Une folle, bonne à enfermer. Bonne à oublier.

Le fils embrasse la mère. Ces baisers que plus personne ne lui donne. Le fils touche sa mère. Il lui caresse doucement le visage. Il passe ses doigts sur ses lèvres, effleure ses paupières, frôle ses joues, palpe l'ovale de son visage et descend sur son cou. Elle ferme les yeux, elle esquisse un léger sourire. Le fils mémorise le visage de sa mère, pour plus tard. Quand elle ne sera plus qu'un souvenir. Il prend ses mains dans les siennes. Il examine chaque doigt comme s'il était aveugle. Il touche l'intérieur de ses poignets, là où la peau est si douce. La mère se laisse faire et elle sourit encore quand il passe les ongles de ses mains sur ses lèvres, comme il le faisait quand elle avait trente ans. Il accumule des sensations, pour après, quand elle sera morte. Le fils sent ses cheveux quand il lui pose un baiser sur le front, avant de s'en aller.

Le fils appelle la mère tous les matins. Comme elle-même le faisait, avant. Quand elle avait encore toute sa tête. Sa tête à elle. Le fils appelle la mère chaque matin. À huit heures et demie précises. Passé cette heure, sa tête est en voyage. Il décline son prénom et son identité. C'est son fils qui l'appelle au téléphone. Elle l'attend tous les jours. Rituel matinal pour prendre de ses nouvelles. Quelques mots échangés. Elle n'a pas grand-chose à dire. Il ne se passe rien de son côté. Il raconte sa vie à Paris. Elle dit oui à tout et puis c'est tout. Il ne lui cache rien, ni les naissances ni les morts. Elle dit oui à tout et puis plus rien. Il prépare ses monologues et les récite tous les matins. Elle essaie un ou deux mots. Il raconte encore. Jour après jour. Elle écoute sans dire un mot. Il suit le rythme des saisons. Et puis, plus un seul mot. Au jour le jour. Elle écoute. Il la sent au bout du fil. Dialogue à sens unique. Il sait sans la voir que rien ne va plus. Suite de paroles qui se fracassent contre ses silences. Elle n'entend plus. Conversation entre un bavard et une muette. Elle pose le téléphone et s'en va. Conversation suspendue. Il continue tous les matins, à huit heures et demie précises, à appeler la mère. Tous les matins, il répète qu'il est son fils. Jour après jour, elle le prépare, sans paroles. Chaque matin, il est là, relié à ce fil si fragile. Jour après jour, tout doucement, elle lui fait comprendre qu'elle va partir. Elle l'habitue matin après matin à appréhender sa mort. Tous les matins, elle lui fait comprendre qu'elle va mourir. Tous ses silences en forme d'aveux. Tous ses silences en preuve d'amour.

La mère a tout décidé. Seule. Elle a eu le temps de se préparer depuis toutes ces années. Elle s'est cachée de tous. Elle a choisi son heure. En pleine nuit. Elle a choisi de mourir seule, dans le noir de la nuit, sans faire de bruit. Elle est morte seule. Toute seule. Abandonnée de tous. Abandonnée du début jusqu'à la fin.

Ils l'ont trouvée au petit matin, juste avant que son fils ne l'appelle. Elle serrait une photo contre son cœur. La photo de son homme. Son sauveur. Son prince charmant. Celui qui l'a tant fait souffrir. Elle serrait le portrait de Paul. Son mari. Le père de ses enfants. Le seul homme qu'elle ait vraiment aimé. Elle est morte en le serrant contre lui pour ne plus avoir peur. Peur de la nuit. Peur de la vie. Peur de la mort.

Elle n'a rien dit quand ils l'ont trouvée. Pas un mot. Étendue dans le silence du petit matin. Le visage apaisé. Délivrée de sa vie. Sa vie si dure. Cette vie que lui envie sa fille. Fille qui dit à tout le monde que la mère a eu une belle vie. Cette vie si difficile contre laquelle elle s'est battue avec tant de courage.

Elle n'a rien dit quand ils se sont approchés. Ils l'ont regardée. Elle avait son sourire sur les lèvres. Elle souriait à la mort. Ils ont essayé de lui retirer la photo qu'elle serrait contre sa poitrine, contre son cœur. Elle a résisté. Elle n'a pas voulu qu'on la lui vole. Elle s'est accrochée une dernière fois à l'homme de sa vie. Le fils a demandé qu'on la respecte, au moins une fois. Une dernière fois. Dans sa mort.

Qu'on la laisse partir avec lui. Le mari, le père. Le fils regarde sa mère. Il regarde ce couple. Ce couple de malfaiteurs. Ceux qui ont fait comme ils ont pu. Comme ils ont voulu. Cet homme et cette femme libres. Elle n'est pas seule. Elle n'est plus seule. Elle est partie avec lui pour la vie. Elle est morte d'avoir été mal aimée, morte d'avoir mal aimé. Morte d'amour.

Sans Marianne Vic et Bruno Fabre, ce livre n'aurait pas existé.

Je remercie †Jacques et Marie-Thérèse Damville, †Jacques et †Élise Lecocq, Bernard et Jeanine Leleu-Lambert, Marie-Andrée et Michel Pétot, Rémi et Charlotte Tribouley.

CET OUVRAGE A ÉTÉ ACHEVÉ D'IMPRIMER LE
DEUX NOVEMBRE DEUX MILLE VINGT DANS LES
ATELIERS DE NORMANDIE ROTO IMPRESSION S.A.S.
À LONRAI (61250) (FRANCE)
N° D'ÉDITEUR : 6619
N° D'IMPRIMEUR : 2003447

Dépôt légal : janvier 2021